浪花少年偵探團

浪花少年探偵団

東野圭吾

導讀——

質樸輕快的初次大阪幽默招呼

MLR推理文學研究會成員／**心戒**

二〇一二年，雖然東野圭吾創作生涯關鍵轉捩點的《嫌疑犯X的獻身》，在美國推理作家協會著名的「愛倫．坡獎」年度最佳小說一項鎩羽而歸[1]，但絲毫無損於東野圭吾目前在日本的超高人氣。現在的東野圭吾，幾乎等同於收視票房保證的代名詞，光是二〇一一年，便同時有五部電視劇、二部電影改編自他的小說。二〇一二年夏天，日本富士電視台甚至直接於廣告中打上作者的名字作為宣傳，以「東野圭吾推理劇場」為名，大陣仗地邀來跨世代的日劇巨星——中井貴一、唐澤壽明、篠原涼子、鈴木京香、長澤雅美、三浦春馬等人——眾星拱月，更襯托出東野圭吾銳不可擋的當紅氣勢！

1 事實上，甫於二〇一一年出版英文譯本的《嫌疑犯X的獻身》，亦入圍了《致命快感》雜誌（Deadly Pleasures Mystery Magazine）之巴瑞獎（Barry Award）二〇一二年度最佳首作獎。

在台灣，同樣的熱潮亦無止歇的跡象。東野圭吾目前七十二本小說創作中，近70％已發行中譯版。不僅多家出版社以兩個月一本以上的速度，如同接力賽般持續翻譯「東野圭吾全集」，就連得獎出道作《放學後》亦將換第三個出版社再版上市。身為東野圭吾「死忠」讀者的你，可能熟悉他以理性邏輯觸及複雜人性的「伽利略」系列，抑或是熱愛他從《白夜行》以來，以冷調筆觸描繪人性黑暗面的「惡女」系列，甚至是他不斷以青春校園、科幻、運動等等多變題材包裝的詭計至上創作。但，要是來點宮部美幸式的溫暖氛圍，搭配東野自身熱愛的本格詭計，以及他鮮少出現在小說，卻常見於散文與自傳中的大阪式幽默，這……又會激發出什麼樣的火花嗎？

從小立志從事教職的美女教師竹內忍，粗線條的海派個性與爽朗不修邊幅的伶俐口舌，總被學生擔心依舊單身的她怎麼嫁得出去？但真正令她困擾的，卻是目前擔任班導的六年五班，似乎人小鬼大的「小屁孩」多了點。不僅令她頻頻捲入神秘事件與殺人案件，更慘的是，這群古靈精怪的小鬼頭，似乎察覺了她與大阪府警新藤刑警間微妙的曖昧情愫，更洞悉了具備「高富帥」三高條件的本間義彥，也在強烈追求阿忍，並藉此要挾新藤刑警！面對比案情更撲朔的戀情，在剪不斷理還亂的膠著戰況下，她該如何是好？

輕快俏皮還帶點卡通化的特色，令《浪花少年偵探團》成為東野圭吾筆耕一十多年中最為「異色」的作品。原本只是接受《小說現代》臨時增刊的短篇邀約，但東野圭吾交出的〈忍老師的推理〉[2]卻受到編輯盛讚，希望東野能進一步將這則短篇發展為系列作，持續於雜誌連載。就這樣，東野圭吾開始了他創作生涯首次的短篇連載創作，自一九八六年起於《小說現代》雜誌上連載了兩年，結束後不僅立即出版新書，兩年後在雜誌社的盛情邀約下，繼續在《小說現代》連載並於一九九三年推出續集《浪花少年偵探團2》[3]。

以現在的標準（讀者的閱讀經驗與東野的創作水準）來看待二十年前早期的蒼筤之作，雖然《浪花少年偵探團》裡安排了看似不可思議的密室事件，抑或是死前留言與兇器消失之謎等等詭計，帶點G・K・卻斯特頓式的謎底與手法或顯青澀，但依舊保留了東野圭吾創作初期堅持的「寫實派本格」特色：登場人物無論在行動與思維上都與常人無異，亦鮮見詭譎複雜的詭計與過分跳脫現實生活感的陰森氣氛。值得一提的是，《浪花少年偵探團》雖走的是東野早期擅長的青春校園推理路線，卻不見他安排誇張到不可思議的路人神探，或是傻不愣登的兩光

2 東野圭吾投稿時，小說原名為〈たこやき食べたら〉（如果吃了章魚燒），後由編輯建議改名。

3 一九九六年出版文庫版時，此系列的第二作改名為《浪花少年偵探團・獨立篇》。二〇一一年再版時再次改題為《再見了，忍老師》。

刑警。小說中的破案樞紐或許多由忍老師悟出關鍵手法，但她亦有誤判情勢或力有未逮的時刻，甚至只推導出部分真相，須待刑警補充的狀況。相信看過系列首篇〈忍老師的推理〉後，定當對於刑警漆崎最後娓娓道來關鍵疑問的安排，印象頗深。

然而，真正讓《浪花少年偵探團》成了東野圭吾創作生涯中獨樹一格的作品，卻是書中活潑熱鬧的大阪方言、略帶卡通化的逗趣角色設計，以及嬉鬧後不忘以溫暖收尾的人物互動安排，洋溢著舒適而愉悅的親切感。除了諧音與轉換[4]的樂趣外，帶著草根性、少根筋的竹內忍，其實很符合東野出身於大阪府的內在性格。一如東野在自傳《大概是最後的招呼》裡所呈現出來的「大阪形象」：規矩認真地看待自己的工作，再怎麼心酸、發牢騷都不忘來點幽默平衡一下，當然有機會的話，犀利火辣的毒舌調侃更是不可或缺的調劑。這種以認真的態度談論著爆笑情境，卻在隱約間顯露出尖刻挖苦的風格，不僅成了日後頗受好評的《名偵探的守則》與「〇笑小說」系列等創作起點，更意外地讓原本只因不知如何設計角色，而以擔任教師的姊姊作為樣板、進行創作的竹內忍，成了東野圭吾筆下唯一的女性系列主角。

就是這種立基於現實環境、扎實的寫實本格布局，搭配輕快溫暖卻又讓人忍俊不住的人物互動，讓曾連續以《白夜行》、《流星之絆》、《新參者》等戲劇改編獲得極佳收視的TBS電視台，決意繼二〇〇〇年NHK電視台後，二度改編《浪花少年偵探團》系列，在炎炎夏日裡歡快上場。而你，準備好跟這位連宮部美幸都忍不住透露自己對其喜愛有加的竹內忍老師，打聲招呼了嗎？

4 東野圭吾不僅在書中大量使用大阪方言，就連書名《浪花少年偵探團》的由來，亦為東野圭吾將大阪的舊稱「なにわ」採用不同漢字寫法所表現的文字趣味（大阪舊稱「浪速」、「難波」，與「浪花」、「浪華」同音，皆可唸為なにわ）。

目錄

忍老師的推理

1

有人急匆匆地衝下樓梯，整棟廉價公寓似乎都隨之搖晃起來。在此之前，還傳來重重的關門聲。現在深夜十一點。這麼晚了，不可能是小孩子在鬧情緒。不一會兒，傳來一個女人尖叫了一句：「老公！」聲音中帶著一絲沙啞，充滿了生活的味道。

「你不要把錢拿走！」

大阪舊城區的特徵之一，就是每個人都對「錢」這個字眼特別敏感。一聽到這個字，頓時有兩、三家住戶瞬間打開了原本緊閉的窗戶。看熱鬧的鄰居中，有一個剛好住在發出叫聲的女人隔壁，這個五十多歲的瘦女人名叫山田德子。她特地戴上眼鏡，想要看清楚外面究竟發生了什麼事。因為住在二樓，所以正低頭俯視著下方。

公寓前有一小塊空地，停了一輛小貨車。小貨車的引擎已經發動，車後方斷斷續續吐出了白煙。發出叫聲的女人繞到車子的另一側，也就是駕駛座旁，不知道對車內說著什麼。

不一會兒，小貨車的引擎發出了巨大的聲響。那個女人還在說話，但德子聽不到她說什麼。小貨車駛出空地後左轉，消失在暗巷中。

看到那個女人垂頭喪氣地走回來，德子關上了窗戶，走到玄關，一聽到女人經過自家門口，立刻打開了門。那個女人驚訝地停下了腳步。

「怎麼了？妳剛才叫得很大聲。」

女人以為鄰居是在指責她剛才大聲說話，慌忙鞠了一躬說：「對不起。」她年約三十五、六歲，綁在腦後的頭髮有幾根垂了下來，這讓她看起來比實際年紀更蒼老。

「又是妳老公嗎？」

女人露出疲憊的笑容點了點頭。德子皺起了眉頭，習慣性地露出了同情的表情。

「妳也真辛苦，孩子又小……妳不要太難過了。」

德子說完，搖著頭關上了門。這件事明天一定會成為左鄰右舍說閒話的話題。女人嘆了一口氣，打開了自己的家門。

2

六年五班的教室位在三樓，所以必須從一樓的教師辦公室走兩個樓層的樓梯才能到達教室。竹內忍走到二樓時，抬頭往上看，發現在通往三樓中間的樓梯口，有一個影子突然躲了起來。雖然那個影子一晃而過，但她絕對不可能看錯，今天負責把風的是田中鐵平。阿忍重重地嘆了一口氣，聳起肩膀往上走。五班的教室就在樓梯旁，教室內傳來嘎答嘎答拖桌椅的聲音，但並不是她一走進教室，所有學生都會乖乖坐在座位上，一定還會有幾個人站著大聲說話。果然不出所料，這一天，也有兩個學生一看到阿忍走進教室，才不好意思地從教室的另一個角落跑回自己的座位。阿忍瞪著他們，走到講台的中央。值日生喊了聲：「起立。」然後學生對著她說：「老師早。」接著，值日生又喊：「坐下。」

阿忍把黑色封面的資料夾重重地丟在桌子上，很快地說：「現在點名，如果沒有大聲回答，就算缺席。」

「阿部、石川、井上、江藤……江藤，不在嗎？好好回答。」

這些學生在點名時，不是拉長了音調，就是發出奇怪的聲音，沒有好好回答，所以阿忍的語氣也變得有點歇斯底里。學生看到她的這種反應，反而更加樂在其中。

「福島……福島？他請假嗎？真難得。」

自從阿忍接這個班後，這名學生從來沒有請過假。雖然他個子不是很高大，但氣色很好。

「只有福島請假嗎？好，那我們現在就來做數學。田中、和田，你們兩個等一下要到黑板上來寫。」

阿忍不理會那兩個搗蛋鬼的抱怨，開始上第一堂課。

竹內忍今年二十五歲，單身。從短期大學[5]畢業，來這所大路小學擔任教師已經五年。她有一個妹妹，姊妹倆和父母一起住在大阪。父親是某間家電公司的工廠廠長，妹妹則在那家公司當粉領族。阿忍從小就夢想當小學老師。

阿忍是一個眉清目秀的圓臉美女，剛到這所學校時，前輩老師都叫她「小忍」，但不出一個星期，就不再有人這麼叫了。因為大家很快就察覺這個名字完全不適合她。她從小在大阪的舊城區長大，語氣很粗魯，舉手投足絲毫沒有溫文儒雅的感覺，而且說話就像開機關槍，手腳也很俐落。總之，外表和內在完全判若兩人。

「差不多做好了嗎？」

阿忍站了起來，教室內到處響起「啊～」的不滿聲音。她無視學生的反應，走向了黑板，她可沒時間理會學生的抗議。

這時，教室前面的門打開了二十公分左右，一個戴著金框眼鏡的大額頭探了進來。他是學務主任中田。中田對著阿忍招手，班上的學生看到他，忍不住吃吃笑了起來。中田的綽號叫零拾。人家的頭髮是三七分，他為了掩飾頂上稀疏，把頭髮梳成了一九分，不，比一九分更嚴重，變成了零拾分，所以，學生為他取了這個殘酷的綽號。阿忍走向教室前門的同時，狠狠瞪了學生一眼，但眼神中沒有平時——其實平時的眼神也沒有很兇——的銳利。零拾這個綽號是在去遠足的遊覽車上，學生為了逗阿忍發笑而為學務主任取的。

「福島是不是沒有來？」

等阿忍來到走廊上，關上了教室門，中田問道。她點了點頭。

「剛才接到聯絡，聽說他父親死了。」

「是喔……」

阿忍馬上想到自己沒有喪服可以穿，穿冬季的喪服似乎太厚了……

「而且，事情有點複雜，可不可以去辦公室說？」

「喔，好啊。」

阿忍說完，打開了教室門，要求學生安安靜靜在教室等她回來。一聽到不用上課了，大家紛紛開心地點頭。

「等我回來的時候，如果你們很吵，我就要你們寫功課。」

5 通常指兩年制的大專院校，又簡稱「短大」。

阿忍撂下這句話，關上了教室門。

走進教師辦公室，來到學務主任的辦公桌前，中田摸著他的零拾頭，故弄玄虛地開了口。阿忍聽了大吃一驚，聲音也有點發虛了。「騙人的吧？」

「我為什麼要騙妳？」

中田有點生氣地噘著嘴。

「但是，被人殺了……主任，這該怎麼辦？」

「妳問我怎麼辦……我也是第一次遇到。現在除了等待進一步的消息，也沒其他辦法。」

「我是不是也該去警署一下？」

阿忍內心充滿期待地問。她最喜歡看刑警連續劇，這種類型的連續劇裡一定會有一個帥氣的單身刑警，還有一個英文綽號。

「妳為什麼要去？」

「因為，我是被害人兒子的老師啊……」

「被害人兒子的老師，到底和命案有什麼關係？」

「沒有關係嗎？」

「沒有關係。」

「……是喔。」

那就算了。阿忍小聲地嘟囔著。

3

福島文男駕駛的那輛小貨車在流經大阪南部的大和川堤防被人發現。那一帶屬於住吉區的我孫子，大阪府立高中就在附近，是那所高中男子田徑隊的學生發現了福島文男。那名學生每天早上都在堤防上晨跑，今天在跑步途中不經意地看了一眼棄置在路旁的小貨車，結果就發現了屍體。

住吉署和大阪府警總部的偵查員接獲通報後，在上午八點多趕到了現場，立刻在堤防旁拉起了封鎖線，但其實那一帶原本就很少行人來往。

死因是後腦部的創傷，警方原本研判是被前端銳利的兇器重擊所致，但隨即在小貨車車斗角落發現了疑似被害人的血跡和毛髮，推測可能是撞到那裡導致死亡。

「真讓人懷念的景象啊。」

大阪府警搜查一課的漆崎眺望著大和川，用力深呼吸後說道：「我以前常在這裡游泳。」

「在這麼髒的河裡游泳嗎？」

身高一百八十公分的新藤低頭看著漆崎問。新藤明年將邁入而立之年，漆崎是比他資深幾年的前輩，但身高比他矮了將近二十公分。

「以前這裡的水還算乾淨。」

說著，漆崎將視線從灰色混濁的河水移到藍色小貨車的方向。「指紋已經採集完畢了嗎？」

「已經採完了。」

新藤回答。「方向盤上除了被害人的指紋以外，還有很多其他人的指紋，但車門上有擦過的痕跡，無法採集到完整的指紋。」

「是喔……」

漆崎用手指撫摸著小貨車車斗旁寫的字。上面寫著「N 建設」幾個字。

「據說是生野區的一家公司。」

這是住吉署的一位姓尾形的胖刑警剛才告訴他的。「但是被害人並不是那家公司的員工，只是和那家公司的董事長是從小一起玩到大的朋友，他昨天說要借用小貨車一天。」

「是喔。」

從被害人身上的駕照得知他名叫福島文男，住在生野區，今年四十歲，身高一百六十公分的小個子。發現他的屍體時，他身穿鼠灰色長褲和深藍色上衣。除了駕照以外，皮夾中還有五百六十圓和過期的馬票，以及三根沒有裝在菸盒裡的希望牌短菸，和印有商店街廣告的手巾。所有東西都放在運動外套的口袋裡。

死者文男的妻子雪江快九點時，坐著警車來到現場。兩個男孩也跟在雪江身後下了警車，他們是文男的兒子，大兒子友宏讀六年級，小兒子則夫讀二年級。

雪江面無表情，好像睡著了一樣。不知道是否因為丈夫去世深受打擊，她臉色蒼白。雖然原來五官就長得不錯，化妝後應該有幾分姿色，但她滿臉憔悴，再加上衣著打扮很落伍，完全破壞了她的外型。

確認屍體後，刑警帶她上了警車，向她詢問相關情況。漆崎和雪江坐在車後座，新藤和住吉署的尾形坐在前座，由新藤負責記錄。隔著擋風玻璃，可以看到友宏和則夫站在堤防上眺望著河面。

漆崎最先問了文男的職業，雪江吸了一口氣後，小聲地回答：「他目前失業。」

「原來如此。」漆崎面不改色。

「所以，目前由妳養家？」

「對，」她回答：「我在一家名叫奇爾得玩具的公司上班。」

漆崎看著尾形，似乎在問他知不知道那家公司，尾形輕輕點頭。

漆崎打聽了他們什麼時候結的婚、家庭成員和文男之前的公司等情況後，又問：「妳先生是什麼時候出門的？」

「昨晚十一點左右。」

「這麼晚啊，他平時也會這麼晚出去嗎？」

「有時候會在這個時候出門去喝酒，但昨天是第一次開車出去。」

「妳知不知道他去哪裡？」

「他沒有告訴我，只帶了錢出門……」

「錢？多少錢？」

「差不多兩、三萬。」

是喔。漆崎點了點頭。現場沒有發現這些錢，所以，也有可能是竊賊所為……

「他出門時情況怎樣？有沒有什麼和平時不一樣的地方？」

雪江好像沒有睡醒，反應慢了一拍才回答說：「他好像很慌張，無論我問他什麼，都不回答。」

「白天呢？也很慌張嗎？」

然而雪江搖了搖頭。

「白天我上班去了……所以不太清楚。」

「妳先生經常開小貨車出門嗎？聽說這輛車是借來的。」
「我不清楚，因為以前從來沒這樣過。」
「是喔……」
「妳知道妳先生為什麼來這裡嗎？」尾形也插嘴發問。
「不知道……」雪江偏著頭。
「他在這一帶有沒有熟人？」
「應該沒有。」
「妳知不知道他最近和什麼人來往？如果妳知道的話，也請妳告訴我們。」
漆崎問，她偏著頭。
「我想他應該常去酒吧或是賽馬場，我不是很清楚……不好意思。」
「他最近的態度呢？有沒有什麼和以前不一樣的地方？」
「……」
「有沒有人打電話給他？」
「這幾個月都沒人打電話給他。」
「是嗎？」漆崎嘆了一口氣，看了看尾形，用眼神問他有沒有問題，他也搖了搖頭。於是，漆崎感謝雪江協助調查後，就讓她下車離開了。

福島文男住的公寓位在生野區的大路旁，附近一整片都是門面不到十二尺[6]的出租公寓。那個區域路很窄，到處都是單行道，不熟悉附近路況的人，根本沒辦法把車子開進去。

漆崎和新藤這兩名刑警搭乘地鐵在附近的車站下車後，一路向人打聽，終於來到了那棟公寓。在大阪市區內移動，搭乘大眾運輸系統比開車快很多。

他們今天是來向公寓的所有住戶打聽福島家的情況。由於今天早上才發現屍體，住戶中還沒有人知道命案的事。當刑警上門查訪時，他們都再三追問到底發生了什麼事，但兩人都沒有告訴他們文男被人殺害的事。

向差不多一半的住戶打聽後，他們瞭解到，福島家最近家暴的情況很嚴重。文男失業後幾乎每天喝酒，每次喝酒，就會在家裡發酒瘋。

「真佩服他太太居然受得了，還有，他平常到底都做了什麼？」

大部分人都誤以為文男犯了什麼罪。

走訪了幾戶人家後，他們來到福島家的隔壁，門口掛著「山田」的門牌。敲門後，一個瘦女人滿臉不耐煩地探出頭。女人大約五十多歲，當他們亮出警察證後，她露出警覺的眼神。

「我們想打聽一下福島先生的事。」

漆崎開了口，女人立刻反問：「他果然出事了？」眼中流露出好奇的眼神。

「果然……難道之前發生過什麼事嗎？」

女人雙眼發亮，似乎早就等著刑警問這個問題。

「昨天晚上，我聽到很大的聲音，我從窗戶往下看，發現福島太太正在阻止他。」

「阻止他？阻止他什麼？」

「當然是阻止他出門啊。他開著小貨車準備出門，他太太對他說：『老公，你等一下。』還說：『你不要把錢拿走。』」

「結果，他還是出去了嗎？」

女人用鼻子哼了一聲，「我從來沒看過他哪一次聽過他太太的話。」

「昨晚幾點的時候？」

「呃，我想想……」

女人不知道為什麼看了一眼漆崎的手錶。「我記得是十一點左右。」

和雪江的供述相同。

「然後呢？」

「然後就結束了。啊，對了，十一點半左右，我又看到了福島太太。她來向

6 此處為日制單位，一尺約三十點三公分，十二尺約三公尺六十四公分。

我打招呼，說她老公半夜回來可能會吵，希望我多包涵，還帶著兒子一起來。福島太太真的很辛苦……她老公到底做了什麼？」

「不，他並沒有做什麼。」

漆崎對那個女人說，希望她提供任何有關福島家的線索，那個女人如魚得水般滔滔不絕。雖然她所說的和他們向其他鄰居打聽到的內容幾乎完全一樣，但這個女人似乎特別喜歡添油加醋。

「那個歐巴桑真愛說話。」

漆崎看了一眼手錶，忍不住咂著嘴。聽完山田德子的喋喋不休，大幅超過了他們原先的時間安排，卻沒有任何收穫。

離開福島所住的公寓後，兩名刑警順便去了Ｎ建設株式會社。從公司的地址研判，應該離公寓不遠，實地走訪後，發現比他們原本想像的更近。以距離來說，相差不到兩百公尺。沿著公寓前那條路往左走，在第二個街角右轉，就是那家公司。公司的停車場隨意停了好幾輛大貨車和拖板車，其中也有幾輛和在命案現場相同的小貨車。

他們左右張望了一下，看到一棟像組合屋的簡陋房子，似乎是公司的辦公室。可能已經接到了住吉署的通知，公司的人已經知道了命案的事。他們坐在一張做工粗糙的沙發上，見到了小川董事長。小川腦滿腸肥，西裝的釦子好像隨時會綳開，皮膚曬得黝黑、油光滿面，一看就知道是暴發戶。

「我說他喔，人真的沒辦法預料下一刻會發生什麼事。」

小川不斷嘟囔著，看起來卻不難過。

「你和福島先生是怎樣的朋友？」

漆崎問，小川抱著手臂。

「我們是小學同學，所以算是從小一起玩到大的朋友。小時候，我們經常一起做很多壞事。最近也有來往，我們一起去賽馬場。不過，每次只要聽他的話，就絕對不會中。」

小川豪爽地笑了起來。

「福島先生開的小貨車好像是你公司的？」

「對啊，昨天他突然說要借一輛小貨車，我就借給他了。」

「幾點的時候？」

「差不多五、六點。」

漆崎沒想到福島那麼早就來借車。

「他沒有告訴你借小貨車要幹什麼嗎？」

「呃……他好像說要搬什麼東西。我昨天也很忙，沒時間細問。」

「他經常向你借車嗎？」

「偶爾啦，不光是阿福，只要是熟人來借車，我都會很大方地借給他們，反正對我來說，並沒有太大的損失。」

「他說要借多久？」

「原本說好今天早上要來還車，但即使稍微晚一點，對公司也沒什麼影響。」

「今天早上……所以，福島先生打算半夜也要用車嗎？」

「應該吧，反正他想怎麼用是他的自由。」

「深夜的時候，這裡會鎖門吧？所以他要到早上才能歸還嗎？」

「不，這裡即使半夜的時候也不會鎖門，我跟他說，只要停在那裡就好。因為車身上寫著大大的N建設幾個字，也不會有人來偷。」

「原來是這樣……」

漆崎又問了他，知不知道可能是誰殺了福島文男，以及福島有什麼朋友後，離開了那家建設公司。小川對福島的死並沒有特別的想法，正因為如此，他的意見不帶有任何主觀的成見，不過，兩名刑警還是無法從中找出任何線索。

4

福島友宏父親的屍體被人發現的翌日早晨，阿忍走進教室時，發現班上兩名男生發生了衝突，而且不只是口角而已，完全大打出手。教室後方的桌椅都倒了，兩個人還倒在地上扭打成一團。也許是因為上課鐘聲已響，大部分學生雖然都坐在座位上，但還是轉過頭繼續看著他們打架。有幾個人站在他們周圍，卻沒有人上前勸架，也沒有聲援任何一方。只有身為班長的女生出面大聲制止，但兩個當事人只顧著和對方扭打，根本沒有聽進去。

「喂！你們在幹嘛？」

阿忍走到兩個人身旁，抓住了占上風的學生的肩膀，想要把兩個人拉開。雖說是學生，但六年級男生的力氣很大，剛開始時根本拉不動，直到兩個人察覺勸架的是老師，才終於鬆開了對方。

「為什麼要打架？」

原田和畑中慢吞吞地站了起來，兩個人在小學生中都算是體型高大。他們氣鼓鼓地互瞪對方，雙方不發一語。剛才似乎打得很激烈，兩個人渾身上下都黑漆漆的，原田的一隻鞋子掉了，聽說是他剛才拿來丟畑中的臉。畑中的圓臉上被倒蓋了一個運動鞋的「月星牌」商標腳印。

「如果你們不說，老師就只能問其他人了，你們趕快自己說，不要害其他同學為難。」

不知道是否這句話奏了效，原田終於很不甘願地開了口。

「畑中說，是福島殺了他爸爸，所以我很火大。」

原田一開口就爆出了震撼性的發言，阿忍有點不知所措。

「我沒有這麼說。」畑中辯解。

「你有說。」

「我只說，該不會是福島幹的吧。」

「你才不是這麼說的。」

「等一下。」

阿忍把手伸進兩個學生中間。「你們兩個是男生，怎麼像金魚一樣嘟著嘴，嘰嘰喳喳地吵來吵去。我知道你們打架的原因了，畑中，你為什麼這麼說？你這麼說同學，原田當然會生氣。」

畑中把他的金魚嘴轉向阿忍的方向。「我又不是隨便亂說的，因為之前福島說過，真希望老頭趕快死掉，我才會這麼想。」

阿忍知道自己的臉色大變。

「老頭是指福島的爸爸嗎？」
「對啊。」
「福島說，希望自己的爸爸死掉嗎？」
「對啊。」
原田在一旁大聲咆哮。「騙人，福島怎麼可能說這種話？」
「真的啊，他真的有說啊。」
眼看兩個人又快要打起來了，阿忍慌忙制止。
「好、好，畑中不會隨便說謊，原田，你也要相信他。但是，畑中，即使福島曾經這麼說，他們畢竟是父子，你也很清楚福島不可能做這種事，不是嗎？」
「我知道。」畑中小聲回答。
「那你就不應該說這種話，今天你們兩敗俱傷，不分勝負，不要再打了。怎麼了，原田，你好像不服氣，有什麼意見嗎？」
「我覺得我好像吃虧了……」
「這是你的心理作用，打架總是兩敗俱傷。好，第二節課已經開始了，趕快回座位。」
雖然阿忍強勢地解決了這件事，但她內心產生了一絲不安。這份不安讓她決定在第三節家政課時提前離校。

因為剛好有事來附近一帶，新藤決定順便再到福島一家所住的公寓看看。有時候擇日再訪，往往可以掌握新消息。尤其是住在福島家隔壁的山田德子，似乎平時就很愛管閒事，從昨天到今天，她或許打聽到一、兩件有趣的事。

他敲了敲山田家的門，不一會兒，那張滿是皺紋的瘦臉便探出頭。新藤擠出滿臉笑容，正準備問她有沒有掌握什麼新的消息，德子就迫不及待地說：「刑警先生，你來得正好。」她整個人幾乎快撲了上來，金牙中噴出來的口水濺到了新藤西裝的領子上，他忍不住向後退了一步。

「發生了什麼事嗎？」

「當然有啊，剛才，有一個很奇怪的女人來敲福島家的門。」

「奇怪的女人？怎樣的女人？」

「很妖嬈的年輕女人，一看就不是好東西，絕對是在酒店上班的女人，搞不好是兇手的這個。」

德子伸出小拇指，偏著頭說。新藤反而覺得她的臉更讓人覺得「不是好東西」。

「敲門之後呢？」

「福島家沒有人，她就來敲我家的門，然後問我警察問了哪些事，目前有沒有鎖定誰是兇手，都問一些莫名其妙的問題。」

「是喔……」

雖然如果是兇手，這麼做似乎太輕率了，但也可能是兇手派情婦來調查。

「是怎樣的女人？可不可以請妳說得詳細一點？」

「我不是說了嗎？是一個年輕女人……啊！」

德子看著新藤背後馬路的方向，突然倒吸了一口氣。新藤也順著她的視線往後一看，一個身穿紅衣的身影一晃而過，消失在街角。

「就是那個女人，絕對錯不了。」

「紅色衣服的……」

「對啊，你還愣在這裡幹什麼？還不趕快去追。」

德子推了新藤的後背一把，好像在對自己的兒子說話。我為什麼要聽那個歐巴桑的指揮？新藤雖然心生不滿，但還是拔腿追了上去。

紅色襯衫在新藤的二十公尺前方時隱時現。那個女人身高大約一百六十公分左右，雖然不胖，但體格很好，中長的頭髮在陽光下反射出深棕色的光澤。她右手拿著紙袋，左手拿了一個黑色的手提包或是背包。那個女人原本用正常的速度走路，卻越走越快，還不時轉過頭。新藤認為她察覺自己被跟蹤了。

女人本來假裝直直地往前走，但突然左轉，進入了岔路。新藤也慌忙跟著轉彎，看到那個女人拔腿狂奔的背影。

新藤當然也跑了起來，雖然雙腿用力，但他心裡很篤定。對方是女人，不可能逃得掉。沒想到今天釣到了意想不到的獵物……

但是，他很快就發現自己想錯了。原本以為可以輕鬆追上對方，沒想到兩人之間的距離始終無法縮短，也許還拉長了。萬萬沒有料到敵人也跑得很快。

新藤遠遠地看到女人跑進了巷子。一看她的腳，他不禁吃了一驚，但也恍然大悟。

「那個女人居然光腳跑步。」

新藤卯足全力追了上去，才剛轉進巷子，額頭就遭到重擊。他差一點想蹲下來，但拚命忍住，看著前方，發現剛才那個女人站在眼前，雙手拿著高跟鞋。看到高跟鞋尖尖的跟，再度想起額頭上的劇痛。

「放肆！」

女人大吼一聲。新藤看到女人的臉頰抽搐著。

「我可是大路的阿忍，竟敢小看我，小心我給你好看！」

阿忍覺得，跟蹤女人，根本是對方的錯，所以自己完全沒必要道歉。但是，當她得知對方是偵辦福島文男命案的刑警，而且那刑警勉強算個帥哥，她就向對方道了歉，而且向對方提議，要不要去喝杯咖啡。

「是嗎？原來妳以前打過壘球，難怪體力這麼好。」

新藤用小毛巾按著額頭挖苦道。「所以……妳為什麼在福島家周圍四處打聽？」

「呃，不瞞你說……」

阿忍向新藤坦承，她聽到學生告訴她，友宏曾經說，巴不得父親趕快死掉，心裡感到很不安，所以就上門來調查。

「雖然我相信那孩子不可能做這種事，但還是很想瞭解警方對這起命案的看法，以及那孩子到底有沒有可能是兇手，所以，就來這裡向左鄰右舍打聽。」

「所以，老師也認為他們的家庭有問題嗎？」

「聽說他父親沒有穩定的工作，整天在家裡喝酒……福島和他媽媽應該吃了不少苦。」

「是喔……嗯，好像鄰居也都這麼說。」

「警方果然在懷疑福島同學嗎？」

阿忍抬眼看著新藤，他苦笑著搖搖手。

「據我所知，目前並沒有往這個方向偵辦，而且，兇手不可能是被害人的家屬。」

「？」

「解剖結果發現，死亡時間是屍體被發現的前一天晚上十點到十二點左右。被害人在晚上十一點開小貨車出門，從公寓到命案現場開車大約三十分鐘，所以，行兇時間應該在十一點半到十二點之間，但是聽鄰居山田太太說，十一點半的時候，她看到了福島太太和她兒子。說得直接一點，就是家屬有不在場證明。」

「原來是這樣。」阿忍放心地吁了一口氣。

「之後的偵辦工作，就交給我們警方處理吧。」

新藤按著額頭站了起來。「老師只要在學校等結果就好了。啊，對了，妳最好不要穿這種顏色的襯衫。」

「為什麼？」

「不，只是這麼覺得。」

新藤原本想要告訴她，山田德子以為她是酒家女，但最後還是作罷。因為他擔心阿忍又用高跟鞋砸他。

和新藤道別後，阿忍再度去了福島家。這次有人應門。友宏一個人看家。

「什麼啊，原來是老師。」

友宏一臉無趣地說，用泡泡糖吹了一個很大的泡泡。
「你也太沒禮貌了，我進去囉。」
「老師，妳是不是搞錯了？葬禮是後天啊。」
「我知道，我想你很難過，所以來看看你。」
「我才沒有難過，妳看我好得很啊。」
「但是，你父親去世了，難道你沒有受到打擊嗎？」
「雖然嚇了一跳，但這也是命啦。」
「你真的看起來很好。」
「老師，妳好像很失望的樣子，要不要我假裝很難過？」
「笨蛋，不必啦。啊你在幹什麼？」
「難道看不出我在泡茶嗎？」
「怎麼可以把茶葉直接放在茶杯裡？不必費心了。最近家裡應該有很多事，如果有什麼困難，記得找老師。」
「如果要找老師解決，恐怕就完蛋了。」
「既然還可以耍嘴皮子，代表你真的沒事啦。」
阿忍站了起來，不知道該怎麼解釋友宏絲毫不感到沮喪的態度。
這時門打開了，是雪江回來了。她看來比之前更瘦，只是用化妝巧妙地掩飾。

雪江說要為阿忍倒茶，阿忍趕緊告辭了。雖然友宏喜上眉梢，但他母親卻十分沮喪。

5

那天晚上，住吉署舉行的偵查會議沒有太大的進展。在命案現場附近打聽情況的刑警說，傍晚之後那一帶就很少有人出沒，試圖在附近尋找曾經看到那輛小貨車的人，簡直是緣木求魚。調查文男交友關係的刑警的報告內容，也沒有值得一提的事項，只有負責調查文男賽馬朋友的刑警，帶回來一則消息，引起了其他人的注意。

「因為是那些賽馬的朋友說的，不知道有多少可信度。總之他們說，家裡雖然只有太太一個人在賺錢，但他的手頭好像並不拮据，所以，很可能是向別人借了錢。」

漆崎和新藤兩個人也聽到了這個消息。

「你這裡怎麼了？」

漆崎用自動鉛筆的尾端指著新藤的額頭。「怎麼腫那麼大一個包？」

「說來話長。」

新藤用濕手帕按著額頭，把白天發生的事告訴漆崎。他知道不可能得到同情，漆崎果然笑了起來。

「那真的很慘，現在的女人都很強勢。」

「這可不是笑話，因為我太大意了，所以覺得更痛。」

「但是，那個老師很熱心嘛。怎麼樣？是不是美女？」

每次聊到年輕女人，漆崎必定會問這個問題。新藤也早就準備了答案。

「如果不開口，就算是美女。」

「真讓人期待啊。」

漆崎一臉色色地笑了起來，但隨即收起了笑容，嚴肅地小聲說：「不過，的確有必要重新調查一次。」

「重新調查……你的意思是？」

「被害人的家屬，尤其是雪江，我總覺得事有蹊蹺。喂，雪江說她在哪裡上班？」

「她說是在一家名叫奇爾得的玩具公司，她在那家公司的堺工廠做捲線的工作。」

「好，那我們明天去那裡看看。」

6

音樂教室傳來五音不全的合唱聲音。聽起來不像是唱歌，而是扯著嗓子嘶吼。音樂老師是去年從音樂大學畢業的鵝蛋臉美女，個性溫柔婉約。由於年紀相近的關係，阿忍經常被拿來和她比較。

七咿里咿花啊兒開嗳了啦啦啦

「唱得真難聽。」

阿忍想起之前有人說，學生會越來越像班導師這句話。雖然不知道班上學生的五音不全是不是受自己的影響，但那個美女老師必定認為六年五班的音樂成績不佳，和阿忍有很大的關係。而且，阿忍在教師旅行的卡拉ＯＫ大賽中留下的污點，讓她無法否認這件事。

「不行，我不想聽。」

阿忍關上教室的門，專心看著手上的作文。這是今天第一節課時要求學生寫的作文，題目是「朋友」。

「田中很奸詐，我原本以為他很會打電動，沒想到他去買了遊戲的書，學會了書上的秘技後，才去其他同學家玩，假裝自己很厲害。」

是原田寫的。阿忍並沒有要求學生只能寫朋友的優點，所以原田在這張四百字的稿紙上，寫滿了其他同學的壞話。

小學生的作文很有意思，他們經常會若無其事地寫一些大人根本想像不到的事。敏銳的真性情和觀察力是小孩子最大的武器。

看了幾篇之後，阿忍的目光突然停了下來。因為這篇由太田美和寫的作文題目吸引了她的注意，作文題目是「章魚燒的回憶」。

「前天，福島同學的父親去世了。」文章開門見山地寫了這句話，然後，根據自己的經驗，表達了她對這起事件的看法。美和的父親也在多年前車禍身亡。

「我曾經在去年見過福島同學的父親一次。那時候，福島同學的父親擺了一個章魚燒的攤位，我去那個攤位買章魚燒。福島同學也在那裡幫忙。」

是喔，原來福島的父親曾經擺過章魚燒的攤位——阿忍暗自想道，用手摸了摸肚子。她肚子餓了。

「福島同學的爸爸把小貨車後面改裝成攤位，把車停在學校和神社的夾縫中賣章魚燒。我去買的時候，福島同學故意把頭轉到一旁不理我。我對他說，沒什麼好丟臉的，他說，不要妳管。」

阿忍用紅筆在作文最後寫著「寫得很好，以後也要繼續和他當好朋友。」

7

福島雪江工作的奇爾得有限公司堺工廠，建在離南海高野線中百舌鳥車站走路二十分鐘的地方。堺工廠這個名字聽起來好像在各地還有很多家工廠，其實公司和工廠都只此一家，別無分號，整個廠區差不多有鄉下的保齡球場那麼大。

漆崎和新藤兩個人要求見雪江的上司後，一位警衛兼門房的四十多歲男子把他們帶到了會客室。會客室內放著醫院候診室內常見的長椅。

「連一個年輕的女人都沒有，這家公司真沒有女人味。」

果然不出新藤所料，漆崎在椅子上一坐下，就說了這句話。

他們等了十分鐘左右，一個頭髮灰白、整個往後梳的男人走了進來，鼻子上的金框眼鏡稍稍滑了下來，讓他有一種和藹可親的感覺。他遞上的名片上寫著──製造部長木戶一部。

「真是嚇了一跳，沒想到我們公司的員工會捲入殺人事件。」

部長用有點髒的手帕擦了擦鼻頭冒的油。

「不好意思，百忙之中前來打擾。」

漆崎微微欠身後，立刻開口說：「那我就不浪費時間了，可不可以向你請教一下福島太太的情況？」

「什麼情況？」

木戶的表情嚴肅起來。

「首先……福島太太是什麼時候進這家公司的？」

木戶用拳頭抵著額頭想了幾秒鐘後回答：

「她在今年四月成為正式員工，但如果連同之前打工的時間也計算在內就很長了。嗯，差不多有兩年了。」

「從今年四月開始成為正式員工的意思是？」

「因為她之前工作都很認真，我們也大致瞭解她家裡的情況，我就建議她，一旦成為正式員工，很多方面會更有保障，所以，從今年四月開始……」

「原來是這樣，這麼說，你認識她也很久了。我想請教一下，你覺得福島雪江是怎樣一個人？」

「她是怎樣一個人……」

木戶抱著雙臂，微微向右偏著頭。「她是好人這種說法應該最貼切，工作很認真，待人也很親切。」

「其他同事對她的評價呢？」

「好得不能再好了，你們等一下要不要去參觀一下工作現場？」

「麻煩你了……她有沒有預支過薪水？」

「應該沒有。她之前還是打工的，打工的怎麼可能預支薪水？」

「最近有沒有發生什麼問題？」

「沒聽說，如果是工作上的事，問組長應該最清楚。」

「那等一下我們可能要再麻煩組長一下。對了，她有沒有為她先生的事找你商量過？」

「沒有。我也很希望可以幫她，所以一直等她上門，但她個性很好強呢。」

「謝謝。」漆崎說著，闔上了記事本。即使再問下去，也無法從製造部長口中問出更多的情況。

基於安全規定，他們戴上了帽子和眼鏡，跟在木戶身後走進了光線有點昏暗的工廠。工廠內充斥著混雜了切削液和去污油的味道，車床和切削機器的聲音中，不時傳來氣壓缸的聲音。放眼望去，工廠內大約有五十名工人，各自負責兩台以上的機器。

「負責捲線的部門在這裡。」

木戶手指的方向有幾個女人排排站在那裡工作，正在使用小型捲線機製作迷你馬達，馬達的大小只比大人的大拇指稍微大一點。

「因為東西很小，女人比男人更適合這種精細的工作，所以這裡完全都是女性作業員。」

「換成全自動的機器不是更好嗎？」

新藤問，木戶搖頭苦笑。

「玩具的壽命很短，即使訂做了專用的機器，也很快就派不上用場了。想要因應不斷推陳出新的新產品，只能用泛用機製作基本模型後，再用人力因應各種不同的變化。」

「原來是這樣。」

「尤其最近流行起家庭遊戲機，普通玩具的銷量低迷，商品的週期越來越短。」

「是喔……」

新藤把視線移回作業員身上。距離《摩登時代》[7]的年代已經好幾十年了……

木戶向兩名刑警介紹了姓小坂的組長。這個年約四十出頭的男人有著四方臉，身材很健壯，米色的工作服上沾滿油漬。木戶介紹小坂之後，就沿著原路離開了。也許他認為這樣比較方便刑警和組長談話。

7 《摩登時代》為卓別林在一九三六年拍攝的電影，該電影諷刺了工廠進入大量生產時代，將生產線作業員當作生產工具機械化的不合理現象。

小坂帶他們走進寫著休息室的房間，長方形的桌子旁放了好幾張椅子，旁邊還有一個咖啡自動販賣機。

漆崎把剛才問木戶的問題也問了小坂，但製造部長和組長的意見有微妙的不同。

「她先生的事的確成為她很大的煩惱。」組長說。

「她有沒有找你商量？」

漆崎問，小坂搖了搖頭。

「她從來不和別人聊她的丈夫，也從來沒有抱怨，在這方面她分得很清楚。只是她經常要求加班，一方面是因為經濟方面的問題，另一方面，可能覺得回家也沒什麼意思。」

「喔……加班喔。她通常加班幾個小時？」

「嗯，每天的情況不太一樣，多的時候差不多三個小時。」

「三小時很長啊，這裡是幾點上下班？」

「八點半上班，五點半下班。」

「所以，她回去不是會很晚嗎？」

「是啊，但是會有加班費，這才是實質的幫助不是嗎？況且，她已經是正式員工了。」

「關於這件事，也想要請教你一下。福島太太對轉為正職這件事有沒有很高興？」

「當然很高興啊，因為待遇和以前不一樣了。雖然我們是一家小公司，但可以加入火災的共濟保險和交通意外的共濟保險。」

「原來是這樣。」

漆崎又問了最近福島太太有沒有不一樣的地方，小坂想了一下，卻沒什麼自信地說：

「因為她很文靜，所以比較看不出來，但我覺得她和之前沒什麼不一樣。」

搭乘南海高野線回難波的途中，漆崎看著窗外，輕聲嘀咕說：

「我覺得有問題。」

「雪江嗎？」新藤問。

「嗯，」漆崎把視線移回車內。「雖然我的經驗並不是很豐富，但我覺得兇手應該就是那種類型的人。」

「她的確有動機，但是，雪江有不在場證明啊。」

「這反而更讓人懷疑……喔！」

電車駛向一座跨越大河的鐵橋。黃土色的河中水量很少。

「是大和川啊。」

漆崎說。新藤也探頭從車窗往下看，命案現場就在這條河的堤防上。

「從玩具工廠到現場不知道要多久？」

「搭南海線的話，最近的車站應該是我孫子前站，走路的話也要將近三十分鐘。從工廠到中百舌鳥站要二十分鐘，從中百舌鳥站到我孫子前站就算十分鐘，至少也要一個小時。」

「一個小時嗎？好像時間有點長。」

漆崎陷入了沉思。

兩個人在我孫子前站下了車，去了住吉警署，看到偵查員進進出出，一片忙碌的樣子，打聽之後，才知道住吉警署的刑警逮到了不久之前，還和文男有來往的黑道嘍囉。這個黑道嘍囉開了一家酒店，半年前和文男開始有來往。

「聽說他賭輸了不少錢，差不多有這麼多。」

頂上稀疏的村井警部豎起了三根手指。

「三百圓嗎？」

「單位是萬，聽那個小弟說，他曾經去福島家討債多次。」

「會不會是那個嘍囉殺了他？」

「命案發生的晚上，他在麻將店打通宵，也有證人。而且，他殺了福島也沒什麼好處。」

「是沒錯啦。」

「不過，那個嘍囉說了一件很有趣的事。福島說，他有辦法還錢。」

「福島嗎？會不會是被逼債逼急了，隨口編個謊言敷衍他？」

「也許吧，目前只是嘍囉上門討債而已，但三百萬不是一個小數目，嘍囉背後的大哥也不可能不管，福島應該要認真考慮籌錢的問題，目前我已經派人去調查了。」

「有人會幫福島籌錢嗎？」

「不知道，現在只能等結果。你們那裡的情況怎麼樣？從雪江那裡有發現什麼線索嗎。」

漆崎伸出下唇，搖了搖頭。

「是嗎，我倒覺得進展似乎頗順利的。」

警部搔搔他的禿頭說。

8

又過了一天，福島文男的葬禮在公寓附近的共同活動中心舉行。葬禮很冷清，沒有任何親戚前來參加，只有左鄰右舍來為他上香，而且幾乎都是因為「既然福島太太為他張羅了葬禮」，這種基於對雪江的同情理由而來的。
漆崎和新藤站在馬路對面的電線杆後方，監視著這場門可羅雀的葬禮，觀察有沒有可疑的人物現身。
「兇手怎麼可能來這裡？你不覺得這是在浪費時間嗎？」
新藤捏著鼻子抱怨道。剛才有一隻野狗對著電線杆撒了一泡尿。
「也許吧？但是該做的事還是不能省略。」
漆崎看著活動中心的方向，自顧自地點著頭。
「我不反對做該做的事，但能不能換一個地方？不需要在狗撒過尿的地方監視吧？」
「別挑三揀四的，我曾經在狗大便旁守了一夜。而且，只有這裡可以看到葬禮的情況，也能藏身。」
「問題是這裡根本藏不了身，兩個大男人站在電線杆後面，別人早就看到了。你看，那個穿著圍裙的歐巴桑不是一臉納悶的表情看著我們嗎？」
「少囉嗦，你給我閉上嘴，乖乖監視就好。」
就在兩個人你一言、我一語地鬥嘴時，一個身穿黃色上衣、白色短褲的男孩滿臉好奇地走了過來。他看起來像是小一或小二的學生，一頭短髮，鼻子下面因為沾了鼻涕和灰塵，看起來黑乎乎的。

「哪來的髒小鬼，閃一邊去。」

漆崎想要把那個小孩趕走，但那個孩子一臉納悶地看著他們問：

「你們在幹嘛？」

「我們在工作，叔叔很忙，你不要在這裡礙事，趕快走開。」

漆崎客氣地說，但那個孩子仍然站在原地，又問了一次：

「你們在幹什麼？」

這一次，他問得很大聲。

「這小鬼吵死了，我們沒空理你這個渾身尿騷味的小鬼。」

那個孩子笑了起來，反駁說：

「叔叔，你們才有尿騷味。」

漆崎瞪著那孩子。「喂，新藤。」

「是。」

「你教訓他兩、三下。」

「好。」新藤舉起右手，但還沒有揮下去，又放了下來。

「咦？漆哥，我就覺得這小鬼很眼熟，他是福島家的兒子。」

「真的假的？」

漆崎蹲了下來，仔細打量小孩的臉。那孩子的確是福島家的老二則夫。

「沒想到是真的，他的臉太髒了，一下子認不出來……喂，小鬼，這個倒是不錯嘛。」

漆崎看到則夫短褲口袋裡的記事本快要掉出來了。

「借我看一下。」漆崎把記事本抽了出來，則夫小聲地嘀咕了一句：「小偷。」漆崎用記事本敲了敲則夫的頭。

「什麼東西啊？」

新藤也蹲了下來，看著漆崎手上的記事本。

「喔，好像是雪江公司發的員工記事本，原來小公司也會印這種東西。喂，小鬼。」

「我叫則夫。」則夫嘟著嘴。

「你叫什麼都隨便啦，這個是哪裡來的？是你媽媽的嗎？」

沒想到則夫搖著頭說：

「不是，是爸爸的。」

「怎麼可能？這明明是你媽媽的。」

「是爸爸的，因為爸爸在看。」

「真的嗎？」

「真的啊。」

漆崎啪啦啪啦翻了起來。可能因為還很新的關係，有時候好幾頁黏在一起，而且，記事本上有一些特殊的折痕。不一會兒，漆崎的視線停在某一頁上，嘻皮笑臉的表情突然嚴肅起來。

「怎麼了？」

新藤問，漆崎閉著嘴，不置可否地「嗯」了一聲。

「這本記事本怎麼了？」

但是漆崎沒有回答，把記事本放進了口袋。

「喂，你繼續留在這裡監視，我臨時有事。」

說完他就大步離開了。

「啊？怎麼回事？」新藤問。

「小偷，把記事本還我。」則夫也抗議。

漆崎回頭叮嚀：「給我好好監視啊。」

「每次都這樣。」新藤氣鼓鼓地看著漆崎離開的方向。

這名前輩刑警的壞習慣就是經常天外飛來一筆，想到什麼就做什麼。

新藤心裡很不甘願地轉頭看向葬禮的方向，立刻張大了眼睛。一個身穿白襯衫、燙著釋迦頭，很像是刑警連續劇中會出現的黑道小弟，正在找雪江他們的麻煩。一個身穿黑色套裝的年輕女人擋在黑道小弟面前。

「我是上門來叫他們還錢的。」

黑道小弟大聲嚷嚷著，應該就是昨天被帶去住吉署的那個嘍囉。

「我知道，但何必選在這種時候呢？」

那個聲音很洪亮。新藤立刻想起她是誰了，忍不住苦笑起來。

「妳少囉嗦，我不是來找妳的，我來找福島的老婆。」

「等、等一下。」

新藤立刻趕過去，把手放在男人的肩上，男人抖了一下，回頭一看。

「你想幹嘛？」

「好男不跟女鬥，你就等到明天再說吧。」

新藤假裝要掏出證件，但那個黑道小弟似乎立刻猜到來者是誰，頓時臉色大變。

「那……多等一天是沒關係……但我可是受害者。」

「好、好，我知道。」

新藤拍著男人的肩膀，連續點了好幾次頭。那個男人終於知道今天沒指望了，又瞪了雪江他們一眼，轉身沿著小路離開了。

「謝謝你。」

雪江向他鞠躬道謝，新藤微微欠了欠身，立刻將目光移向旁邊那個黑色套裝的女人。

「我是不是該讓老師好好表現一下。」

「你少耍帥了，應該早點出面才對。」

阿忍對他嘟嘴扮了個鬼臉。

陰沉的天空下，靈柩車緩緩地出發了。車上花稍的裝飾竟有一種滑稽的荒誕感，阿忍和友宏、則夫兄弟，還有新藤一起目送車子離去，只有雪江一個人去火葬場。

「你們等一下要去哪裡？」

阿忍問友宏兄弟。

「回家啊，」友宏回答：「有很多事要做，我可忙得很。」

「你什麼時候來學校？」

「有空就去。」

友宏冷冷地說完就走向公寓，則夫也跟在他身後。

「現在的小學生真有主見。」

新藤語帶佩服地說。

「你來照顧四十個這樣的學生，就知道有多累人了。」阿忍嘆著氣說。

阿忍和新藤並肩走在路上。這條是通往學校的路，今天是星期六，這時間學生差不多該放學了[8]。

「啊，對了，上次真的很抱歉。」

阿忍看著新藤的額頭，新藤額頭上的腫包已經變成紫色了。

「不，我也有錯……不過，妳還真勇敢，看到黑道小弟也不怕。」

「才沒有呢，那時候我心裡嚇得發抖。」

「看不出來，我還以為妳又要拿高跟鞋打人了。」

「哼。」

大路小學後方是美原神社，阿忍來這所學校已經好幾年了，至今仍然不知道這家神社拜的是什麼神。

小學和神社中間有一個用廂型車改造的章魚燒攤位。阿忍想起太田美和曾經在作文中提到，福島文男以前也在這裡擺過章魚燒的攤位。

新藤在章魚燒攤位前吸吸鼻子。

「真香啊，想不想吃？一盤兩百圓而已耶。」

「我陪你吃。」阿忍一口答應，她最喜歡吃章魚燒了。

章魚燒老闆花白的頭髮理成平頭，用手巾代替頭巾綁在頭上。他彎著腰，動作俐落地翻著章魚燒，但頭都快碰到廂型車的車頂了。老闆把章魚燒放在兩個保麗龍盤子上，淋上大量醬汁，再撒上青海苔，香噴噴的味道令人食指大動。

「你們已經查到可疑兇手了嗎？呼啊、呼。」

阿忍吃著章魚燒問。

「目前正在調查，請妳再耐心等一下。」

新藤回答時，嘴裡也冒著熱氣。

「你的回答……聽起來……嗯啊嗯啊……好像不太妙。民眾可是付了很高的稅金喔。」

「別忘了，妳也是領國家的錢。」

「我有認真……呼哈呼哈……工作啊。」

「我們也有在做事啊。」

「恕我直言，我覺得你現在根本不應該吃章魚燒。」

「喂，你們兩位。」

他們吃著章魚燒爭論起來，章魚燒老闆突然插了嘴。「你們吵架沒關係，可不可以去其他地方吵？你們在這裡一邊吃，一邊吵，會影響我做生意。」

「哪裡有其他客人？」

8 日本自二〇〇二年才統一實施學校週休二日制。本書初版年份為一九八八年。

新藤四處張望。

「現在雖然沒有，但學校很快就放學了，會有很多學生。星期六是生意最好的時候。」

「等有人來了我們就走，話說回來，這條路這麼窄，你原本就不該在這裡設攤。這裡不能停車，會擋住其他車子。」

「如果有車子來，我就會移開。大阪的路都這樣，如果在意這種小事，根本沒辦法做生意賺錢。」

「你可以不必停在路上，把車開進去這裡啊。」

阿忍指著學校和神社之間的窄巷。

「別亂出主意，這麼窄的路，車子怎麼開得進去？」

「不會吧，我看可以啊，只是可能剛剛好而已。」

「或許可以開進去，但我怎麼從駕駛座出來啊？」

「也對，門打不開。」新藤拿著章魚燒，探頭看著窄巷。

這時，阿忍突然「啊！」地叫了一聲。新藤驚訝地看著她。

「怎麼了？」

但是，阿忍沒有馬上回答，茫然地看著半空。

「那個，請幫我拿一下。」

她把手上的章魚燒交給了新藤，他還來不及開口，她立刻像上次一樣，用驚人的速度跑了起來。

「竹內老師，等一下。」

新藤愣了一下，但立刻憑直覺知道發生了什麼事。她一定察覺了什麼事，而且和命案有關。新藤焦急起來，自己不能等在這裡，至少不應該兩隻手拿著章魚燒，站在這裡發呆。

他把章魚燒交給剛好經過的小孩，猛然跑了起來。如果跑快點，還可以追上她──

阿忍用盡全力奔跑，以免被新藤追上。她想要甩掉新藤，爭取時間。

「喂，老──師──」

身後傳來新藤的聲音，他今天似乎跑得很認真，早晚會被他追上，必須設法甩開他──

「啊喲，老師，發生什麼事了？」

這時，原田、畑中幾個搗蛋鬼出現在她面前。因為今天班導師阿忍不在，所以他們早早離開了學校。阿忍平時常覺得他們很頭痛，但這時覺得他們簡直是天上掉下來的禮物。

「你們幾個，幫我擋住後面那個大叔。」

「啊喲，原來也有男人追老師喔。」

畑中語帶調侃地說，阿忍打了他的頭。

「別管那麼多，拜託啦，如果成功，下個星期都不用寫回家作業。」

「哇噢！」幾個學生歡呼起來。眼前狀況緊急，只能不擇手段。

「哇哇哇，你們要幹嘛？」

原田他們幾個人拉著手擋住了去路，新藤一臉錯愕。而且，那幾個學生抓住他的衣服，不讓他走。

「嗚哇，放手，你們會把我的衣服扯破。」

新藤被原田他們困住的時候，阿忍跑向福島友宏家。

9

來到友宏家時，阿忍簡直就像餓虎般喘著粗氣。友宏打開門時，一臉詫異地問：「發生什麼事了？」

「等一下再說，先讓我進去。」

阿忍不等友宏反應就進了屋，往門外瞥了一眼，關上門後還特地鎖好。新藤還沒追過來。

「什麼事啊？這麼著急。」

「你別問，先坐下。」

阿忍讓友宏坐下後，自己也跪坐在他面前。「你要對我說實話。」

「要說什麼？」

友宏把頭轉到一旁。

「你要把實情告訴我，現在老師還可以幫你。」

「我才沒有說謊。」

「別想隱瞞，你是不是會開小貨車？」

友宏立刻臉色大變。他垂下眼睛，嘴巴像牡蠣般閉得緊緊的。

「那天晚上發生了什麼事？你至少要對我說實話。」

但是，友宏沒有開口。他似乎相信沉默是最好的方法。

阿忍正想開口時，突然傳來一陣激烈的敲門聲。「老師，妳是不是在這裡？」是新藤的聲音。

「到底是怎麼回事？」

新藤從廚房的窗戶探頭看著屋內問，原田和畑中站在他的背後。

「老師，對不起，被他逃走了。」

原田向她道歉。

「真是辦事不牢靠，要牢牢抓住才行啊。」

「老師，請妳先開門。」

新藤和幾個孩子各說各的話，門口陷入一片混亂。隔壁鄰居山田德子打開了門。「你們吵什麼，我要報警囉。」事情變得更複雜了。

「喔，雖然不知道發生了什麼事，但真是熱鬧啊。」

這時，漆崎刑警一派悠然地現身了。他好奇地看著這幾個小孩在幹什麼，發現新藤也在其中，忍不住瞪大眼睛。

「你在幹嘛？」

「啊，前輩，福島友宏的班導師守在裡面，不肯出來。」

「守在裡面不肯出來？什麼意思？」

「這……」新藤不知道怎麼回答。「我不知道。」

「笨蛋。」

漆崎推開那幾個孩子，走到廚房的窗戶前叫著：「我有事要問友宏，可不可以開門？」阿忍出現在窗戶內。

「我正在家庭訪問，如果有什麼事想問他，我可以代勞。」

「喔，原來是老師，上次新藤受到妳不得了的照顧啊。」

漆崎恭敬地鞠了一躬。「可不可以請妳問一下友宏，他有沒有開過車？」

「啊哇哇哇。」
阿忍把頭縮了回去，然後用力搖晃友宏的肩膀。
「看吧，警察已經知道了。你趕快坦白，自首的罪責比較輕。」
但是，友宏仍然不發一語。阿忍焦急不已，但不得不打開了門。擠在門外的新藤和幾個孩子都衝了進來。
「福島願意說出實情，這是自首，希望可以酌情考量……」
「老師。」最後進門的漆崎一邊脫鞋子，一邊苦笑。「妳不要太激動，小心會長皺紋。」
「喔……對不起。」
「可不可以請其他學生出去？因為有些事不方便讓他們聽到。」
「喔，好。喂，你們去外面等。」
原田他們露出不滿的表情。把他們趕出去之後，室內頓時安靜下來。漆崎在友宏對面坐了下來，新藤和阿忍坐在旁邊。
漆崎慢吞吞地抽了一口菸，陶醉地吐著煙。他先問友宏：
「那天晚上，你媽媽是幾點回來的？」
友宏仍然低著頭。「你要誠實回答。」阿忍在一旁插嘴，漆崎伸手制止了她。
「是不是快十一點的時候？」

「……………」

「媽媽回來的時候說什麼？」

「……………」

「是不是說，不小心殺了爸爸？」

「啊。」阿忍發出奇怪的聲音，她慌忙用手捂住了嘴。

「你不說也沒有關係，反正很快就會知道了。你不必擔心，警方不會為難你們母子的。」

這時，始終不發一語的友宏嘴唇微微顫抖地大叫：「不是媽媽的錯，都是那個死老爸不好。」漆崎連連點頭說：「我知道，我知道。」

「呃，漆崎前輩，這到底是怎麼回事？」

新藤戰戰兢兢地問，漆崎回答：「是共濟保險。」

「保險？」

「雪江成為玩具公司的正式員工後，各方面的待遇和福利不是都比以前更好嗎？只要花少許保費，就可以領到保險金的共濟保險也是公司的福利之一。我看了則夫剛才那本員工記事本，發現共濟保險那一頁有很多折痕，一問之下，則夫說是文男在看，我就猜想其中有問題。剛才去玩具公司調查後，發現雪江加入了兩千萬的共濟壽險。我終於恍然大悟，不是雪江想要殺文男，而是相反。」

「文男為了那筆錢，想要殺雪江……」

「小貨車應該是他打算用來處理屍體的，這個男人真是糟糕透頂。他一定算準了雪江的下班時間，在公司附近把她接上車後，載到大和川的堤防準備下手，但因為喝了酒，體力不足，使不上力。雪江奮力抵抗，他反而自己撞到了小貨車的角落，就一命嗚呼了。從雪江下班的時間來計算，死亡時間應該在十點左右。」

「之後，雪江回到這裡……差不多十點四十分左右，但是不是有人證明，小貨車是十一點左右從這裡離開的嗎？」

「這就是令人匪夷所思的地方，但仔細思考之後會發現，其實只是有人看到小貨車在十一點離開，但開車的並不一定是文男。於是，我就想起N建設的事，那裡有幾輛相同的小貨車，即使半夜也停在停車場。所以，只要文男以外的人從那裡偷了小貨車，假裝是文男開出去的就好。想到這個詭計的……是不是你媽媽？」

漆崎探頭看著友宏的臉，少年以充滿怒氣的雙眼看著刑警。

「我媽媽說要報警，是我阻止她的。沒必要為那個死老爸去監獄。」

「所以，你就去那家建設公司偷了小貨車，讓隔壁的歐巴桑看到小貨車開出去，假裝文男是十一點左右離開的嗎？」

「我之前就知道那家公司有好幾輛小貨車停在停車場，而且都沒有上鎖……

加上離這裡只有兩百公尺，我有自信可以把車開過來再還回去。」

「這個詭計很簡單。但是沒想到小學生會開貨車，我完全上了當。」

說完，漆崎轉頭看著阿忍說：

「以上就是這起命案的真相。兇手是雪江，友宏是共犯，但就像妳剛才說的，酌情考量的空間很大……」

漆崎又看著友宏笑了起來。

「而且，聽老師說，這孩子自己坦白了。」

阿忍瞭解了漆崎的用意，趕緊低頭說：「謝謝。」

當所有人走到門外時，身穿喪服的雪江剛好回來。她看到刑警和友宏的態度，似乎瞭解了一切，倒吸了一口氣後，無言地站在原地。

「媽媽。」

在眾人的注視下，友宏跑到雪江身旁。「對不起，警察全都知道了。」

母親把右手輕輕放在兒子肩上。

「是嗎……那也沒辦法。」

「福島太太。」

漆崎走向他們母子，「日本的法律中有所謂的正當防衛，所以妳不必太擔心。」

「給你們添麻煩了……」

雪江深深地鞠躬。

「真是夠了，前輩還真會耍帥。」

等警車的時候，新藤忍不住向阿忍抱怨：「但是，竹內老師，妳怎麼會懷疑友宏？妳好像是在吃章魚燒的時候突然發現的。」

阿忍露出調皮的眼神抬眼看著新藤。

「我從學生的作文中得知，福島的父親以前曾有一個賣章魚燒的攤位，他會把車子停在學校和神社之間那條窄巷中，還知道當時友宏也一起幫忙。但是，剛才那個章魚燒的老闆不是說，如果把車開進窄巷，就沒辦法下車了嗎？我就在想，福島先生為什麼可以把車子開進去？就想到了也許是友宏開的車。如果是小孩子，只要有少許縫隙，就可以擠出來了。」

「原來是這樣，所以妳才發現友宏會開小貨車，真是漂亮的推理。」

「但是，我以為是友宏殺了他爸爸，我無法相信學生，是一個失格的老師。」

阿忍慚愧地說。

警車到了。雪江上了車，坐在漆崎和新藤中間，車子發動時，漆崎回頭向阿忍揮手。

「這位老師真漂亮，如果裙子再短一點就太完美了。」

「要是被她聽到，會用高跟鞋敲你的頭。」

「好了。」目送警車離開後，阿忍看著友宏的臉。

「不用擔心，這不是媽媽的錯，所以不會很嚴重。」

友宏露出一臉尷尬的表情說：

「不用擔心，萬一真的不行，我還能賣章魚燒照顧則夫。老師，到時候妳要記得來買。」

「一定，一定。」

「我會在老師的章魚燒裡加很多章魚。」

阿忍感慨萬千，拚命克制著內心的激動，打了友宏的頭。「……小笨蛋！」

忍老師與無家可歸的孩子

1

東大阪市西端，和大阪市生野區交界處，有一個名叫近鐵布施站的車站，車站南側是有拱頂的商店街，各式各樣的商店林立。店家雖然大多門面不好看，但生意都很好。

位在商店街中間的中村電器行是最近整條街上的熱門商店，老闆搶先進了一大批時下最流行的紅白機[9]，大力促銷，讓這一帶的小孩子都成為店裡的老主顧。如今，店內的遊戲機賣場成為小學生和中學生聚集的熱門場所。

老闆是一個禿頭老爹，正在修理壞掉的搖桿，旁邊有許多小孩在玩樣品機。最近，他的工作有七成都是在修理遊戲機。

一名小學生走向他。他身穿棒球夾克，雙手插在長褲口袋裡，一副臭屁老成的樣子。老闆隔著滑到鼻尖的眼鏡看了他一眼，輕聲嘀咕說：「原來是田中啊。」

「有沒有新貨？」

9 遊戲製造公司任天堂於一九八〇年代推出的家庭遊戲機 Family Computer，在台灣多通稱為「紅白機」。

少年看著老闆的手問。老闆抓了抓下巴。
「上次的那個怎麼樣？是不是很不錯？」
「那個喔，」少年嘆了一口氣。「沒什麼挑戰性，記住技巧後就通殺了。」
「每一款遊戲都一樣。」
說著，禿頭老闆從旁邊的抽屜中拿出卡帶，重重地放在少年面前。「現在只有這個。」
「『未來都市』喔。」
少年拿在手上時嘀咕道：「聽說不怎麼好玩。」
「如果不滿意也不必勉強。因為知道你要來，所以特地留下來的。你不買，也有一堆人搶著要，只是賣出去之後，下次不知道什麼時候才會進貨啦。」
老闆抓著禿頭說。
「好啦、好啦，每次都來這招。」
少年從口袋裡拿出錢包，把錢放在老闆面前。老闆用紙包起卡帶後交給他。
「下次再拜託囉。」
少年用拿著紙袋的手輕輕向老闆揮手。
大路小學六年五班田中鐵平的電玩技術是全校數一數二的高手，昭和六十年

（一九八五年）的科學萬國博覽會舉行時，他挑戰從來沒有玩過的新型電視遊戲機，一下子就拿到了最高分。

但是，他的絕技並不光是因為有天分，有一個很大的原因，是因為他的消息特別靈通。只要新遊戲一上市，他立刻就去買卡帶，又去書店尋找傳授技巧的攻略本。當其他同學才開始玩這個遊戲時，鐵平早已經掌握了秘技。在其他同學面前小露一手，讓其他同學大吃一驚是他最大的樂趣。

中村電器行是他最常去的地方。

只要新遊戲軟體一上市，大家都會搶著買。有時候就算得知消息後立刻去買，也可能已經賣光了。鐵平和禿頭老闆交情不錯，都會幫他預留。當然，這也意味著他在這家電器行花了不少錢，可以說，他的零用錢幾乎都貢獻給禿頭老闆了。

這天鐵平一如往常，因買到了新遊戲而滿面春風。

走出電器行，他把紙包放進停在一旁的腳踏車籃子裡，打開腳踏車鎖，騎上了車，正打算慢慢騎上路的時候，一個黑影從左後方接近他。

還來不及叫出聲音，那個影子已經搶走了腳踏車籃子裡的紙包，跑進附近的小巷內。由於黑影的動作實在太神速，鐵平呆然地愣在原地。

「啊！媽的！」

鐵平回過神，下了腳踏車，也衝進那條小巷。在中途的岔路時，他看到人影轉進了左側的巷弄，那個少年似乎和鐵平差不多年紀。

鐵平追了上去。為了買這個遊戲，他把這個月的零用錢都花光了，居然自己還沒有玩過就被人搶了。他嚥不下這口氣。

商店街周圍有很多小房子，巷弄像迷宮一樣複雜。鐵平對這一帶的環境很熟悉，但對方似乎比他更熟，故意挑選複雜的路線逃跑。當鐵平一路追到大馬路上時，那個少年已經不知去向。

「媽的！被耍了。」

鐵平懊惱地踢著馬路。

2

揮動球棒，球高高地飛過二壘，剛好打中位在外野中央的校舍二樓附近。

「太好了，全壘打。」

阿忍很滿意自己的揮棒，點了點頭，一派輕鬆地跑了起來。隊友興奮地為她鼓掌。

「呿，力氣真大。」

投手畑中噘著嘴抱怨，「看樣子嫁不出去了。」

「你說什麼？」

阿忍跑回本壘後，走向投手丘。畑中用手套遮住嘴，阿忍雙手扠腰，看著正在防守的學生。

「你們隊今天無精打采的，才打了三局就已經八比一了，你們到底想不想打？」

「我很有幹勁啊。」

畑中回答，然後突然壓低了聲音說：「是原田和田中鬆懈了，他們今天一上場就被三振，防守又漏洞百出。」

「被你這麼一說，好像真的是這樣。」

阿忍看著另外兩個學生，游擊手田中鐵平和三壘手原田似乎都心不在焉，低頭踢著地面。他們向來很愛打壘球，也打得很好。

一定有什麼事——她憑著身為教師的第六感察覺到，輕輕點了點頭，走回自己的球隊。

「遊戲被搶了？」

「嗯。」鐵平無力地垂著頭。「我花了所有的零用錢買的……」

「你的也被偷了？」

阿忍看著原田，他也擠出笑容抓了抓頭。

「你們真笨。」

阿忍打量著兩個學生的臉，無意識重重地嘆了一口氣。午休時間，她把兩個學生找來教師辦公室，問他們體育課時為什麼無精打采，他們告訴她，遊戲軟體被人搶走了。

「同一天有兩個人的遊戲都被搶，而且你們又剛好是同班。」

「那傢伙一定是慣犯，動作超俐落的。」鐵平說。

「這種事不值得佩服。」

阿忍露出不耐煩的表情。「你們有沒有告訴家裡的人？」

怎麼可能？兩個孩子都搖了搖頭。

「只會被我爸打一頓。」

「我家是我媽會教訓我。」原田也說。

「我看不太妙，應該要去報警。」

「但是，」鐵平吞吞吐吐地說：「我已經不抱希望了，被偷就被偷了吧，以後小心點就好。」

「啊？你還真消極。」

「男人要懂得適時放手，我想趕快忘了這件事，老師，妳以後也別再提了。」說著，鐵平轉身離開了。原田也跟著走了出去，兩個人都垂頭喪氣。「等一下。」阿忍叫住了他們，他們就像老人一樣，動作緩慢地轉過頭。

「是在布施車站前嗎？好，今天放學後，你們帶我去。」

「啊？」兩個學生瞪大了眼睛。

「老師，妳該不會想去抓搶匪吧？」

原田擔心地問。「當然啊。」阿忍挺著胸膛說。

「看到我的學生這麼沮喪，我當然不可能袖手旁觀，看我的！」

「我覺得還是趕快打消這個念頭比較好，」原田抬眼看著她。「不然以後更沒人敢要妳了。」

「廢話少說。」

阿忍用力打了原田的頭。

「老師，那傢伙跑得超快的。」鐵平看著半空，似乎想起昨天的事。「我根本追不上他。」

「交給我吧。」

阿忍拍了拍胸口。「我對跑步很有自信，如果可以抓到搶匪，搞不好可以領到警視總監獎。」

阿忍開心地笑了起來，兩個學生只能以複雜的表情看著她。

這天放學後。

「這裡還真熱鬧。」

阿忍帶著鐵平和原田走向車站前的商店街，看到小巷內擠滿了人。

「好像出什麼事了，警車也來了。」

原田說。轉頭一看，人牆後方的確閃著警車的燈。

阿忍踮著腳，在人群後方張望。一戶大雜院的大門敞開，幾名警官和穿著不知道什麼制服的男人，還有身穿西裝的男人忙碌地進進出出。

「啊，之前在哪裡見過那個大叔。」

坐在原田肩上的鐵平說，「就是上次的刑警。」

「在哪裡？」

順著鐵平手指的方向看去，看到一個熟悉的高大身影。是大阪府警搜查一課的刑警新藤，站在他旁邊那個長得像老鼠的男人應該是新藤的前輩漆崎。阿忍在之前一起命案中，曾經和他們打過交道。

「是不是又出了什麼事啊？」

鐵平從原田的肩上跳下來後，偏著頭納悶。

「也許吧，他們是專門負責偵辦殺人案的，這裡可能發生了命案。」

「這個地方真可怕，所以我討厭大阪。」原田說。

「說什麼啊，你自己不是住在這裡？」

「但是，這裡又有殺人命案，又有搶匪，真是個爛地方。」

「如果你這麼想，就好好讀書，以後去當政治家，改善這裡的環境。」

阿忍話音剛落，有人從背後拍了拍她的肩膀。回頭一看，一個身穿深藍色水手服的少女對她露出微笑。那個少女一頭短髮，看起來像小男生。阿忍立刻想起她是誰。

「梶野，好久不見。」

她是兩年前從大路小學畢業的梶野真知子。雖然阿忍沒有教過她，但阿忍在學校很受歡迎，幾乎所有的女生都和她很熟。

「老師，妳來這裡做什麼？」

真知子瞥了鐵平他們一眼後問道。阿忍不由得感嘆，國中生說話有禮貌多了。

「嗯，陪我們班的學生……妳呢？」

阿忍反問道。真知子應該住在大路小學附近。

「我家出租的房子在這裡，聽說房客被人殺了，警察叫我父親過來。我也順便來看熱鬧。」

「原來是妳家出租的房子發生了命案。」

阿忍再度踮著腳觀察現場。

「老師和刑警很熟，有事可以找老師商量。」

鐵平在一旁插嘴。「笨蛋。」阿忍罵了他一句，真知子似乎覺得很有趣。

「真是好消息。老師，那就麻煩妳了。」

「怎麼連妳也跟著他們說蠢話。」

阿忍向真知子道別後，帶著鐵平和原田一起去商店街。

今天的中村電器行也擠滿了小孩子，他們沒有足夠的財力買遊戲，都是來玩放在店裡的樣品機。螢幕前大排長龍，等著試玩。

「你是在這裡騎上腳踏車嗎？」

阿忍問道。店門口放滿了腳踏車，簡直和小鋼珠店門口的盛況不相上下。鐵平和原田緩緩點頭。他們被人用相同的手法搶走了遊戲軟體。

「我猜想搶匪應該躲在某個地方監視，等待看起來像肥羊的客人下手。」

阿忍抱著雙臂說道。

「妳這句話的意思好像我們長了一副蠢樣。」

鐵平生氣地說。

「那有什麼辦法？」阿忍說：「你們的確變成了肥羊，他一定覺得肥羊扛著蔥薑，一臉呆樣地走出來。」
「真讓人火大。」
「對啊，所以一定要挽回名譽。」
阿忍走進了搶匪逃走的小巷。小巷只有一公尺寬，嚴格說起來並不算巷子，而是房子之間的防火巷，彌漫著污泥和小便的臭味。
「逃進這麼窄的巷子，不會遇到死胡同嗎？」
「偏偏這裡不是死胡同。」
鐵平解釋道：「只要走對路，夠熟悉周圍的環境，走巷子反而更方便。」
「是喔。」
阿忍點了兩、三次頭，快步走進了小巷。
「這裡要往左。」
來到岔路時，鐵平在身後說。阿忍立刻按照鐵平說的往左轉。
沒想到那名少年突然出現在那裡。
阿忍嚇了一跳，對方也嚇了一大跳。少年瞪大了一對長眼睛，這時，鐵平他們趕到了。
「老師，妳在幹嘛……」
然後，鐵平「啊！」了一聲，指著那名少年。少年立刻轉身，拔腿就跑。

「就是他，他就是搶匪。」

當向來反應慢半拍的原田大叫時，阿忍和鐵平已經追了出去。阿忍今天穿著牛仔褲和球鞋。

「老師，那裡要往右。」

鐵平在阿忍背後大叫，為她指路。也就是說，少年早就跑得無影無蹤了。阿忍想起鐵平之前曾經說：「他跑得超快。」的確很快，雖然窄巷對小孩子比較有利，但即使扣除這個因素，他的腳程還是超快。

阿忍來到大馬路上，少年早就不知去向。隨後趕到的鐵平懊惱地說：

「昨天也是在這裡被他甩掉的，今天又被他跑掉了。」

阿忍再度左右張望了一下，的確不見那名少年的蹤影，只看到家庭主婦準備回家煮飯的身影。

3

屍體是偶然被發現的。

隔壁鄰居的小孩子在玩長釘，把釘子敲進了牆壁。小孩子的母親就像相聲「搬家」[10]中的那位太太一樣，趕緊去鄰居家道歉，結果發現鄰居渾身是血，倒在地上。

鮮血從屍體的胸口流了出來，已經在胸前凝固了。而且，房門並沒有鎖。

她立刻向轄區的警署報警，不一會兒，大阪府警也派了偵查員趕到現場。

警方立刻查到死者是房客荒川利夫，一走進門，廚房裡面就是一間兩坪多大的房間，利夫仰躺在地上。

「兇器是前端銳利的單側刃刀子。」

鑑識人員闡述了對屍體外表的觀察意見。轄區警署和府警總部搜查一課的搜查員聽取了他的報告，漆崎和新藤這組搭檔也在其中。

「單側刃……什麼意思？」

高個子的新藤探頭看著漆崎的筆記小聲地問。

「怎麼？你連這個也不知道？像生魚片刀、剁刀都屬於單側刃啊。」

漆崎大聲回答，毫不在意周圍的人。

「其次是死亡時間。」

鑑識人員根據屍體僵硬的情況，判斷大約是四、五十個小時前死亡的。

這代表兩天前就死了。漆崎暗想。但每具屍體在死後僵硬的情況不同，無法一概而論，向左鄰右舍打聽後，還會調整死亡時間。總之，必須等解剖報告出爐

10 「搬家」為一個相聲段子。

後，才能瞭解正確的時間。

鑑識人員也補充了和漆崎的想法相同的意見，結束了對屍體外表勘驗的報告。

「室內沒有打鬥的痕跡，被害人的皮夾也在他自己的口袋裡，但裡面只有六百二十圓。」

轄區警署的石井刑警向漆崎他們說明了現場的狀況。石井外型俊俏，如果再瘦一點，應該很有女人緣。他不停地拉褲子，似乎是他的習慣動作。

「有沒有找到兇器？」

漆崎問。

「剛才找過了，沒有找到。廚房內有刀，但似乎都不是兇器。」

兇器是重要的證據。漆崎認為很可能是兇手帶走了兇器。

「被害人的職業是什麼？」

石井露出傷腦筋的表情。

「不是很明確，鄰居說，有時候看到他去打零工，但也有人說他遊手好閒。」

「原來沒有工作。」

「聽說他半年前搬來這裡，但還沒有去戶政事務所辦住所遷入的手續。」

「家人呢？」

「聽說之前還有一個男孩。」

「之前？」

「對。」石井用自動鉛筆搔了搔太陽穴。

「幾天前還看到那個男孩。」

「現在不見了嗎？」

「對。」

石井垂著兩道眉，好像那個男孩不見是他的責任。

「他太太呢？」

「搬來這裡時，就只有被害人和他兒子兩個人。房東知道被害人之前的住址，目前已經派人去調查了。」

「原來是這樣。」

於是，漆崎和新藤就去向大雜院的房東瞭解情況。房東名叫梶野政司，五十多歲，開襟衫下的肚子好像孕婦般凸了出來。

「怎麼樣了？」

梶野一雙怯懦的眼看著漆崎問道。

「什麼怎麼樣？」

「有沒有查到誰是兇手？」

「還要靠各位的協助。」

漆崎的嘴角露出笑容，把目光移向站在梶野身旁的水手服少女。「這位是？」

「我女兒。」梶野回答。「她是我女兒真知子。」

「喔。」

新藤斜眼瞄到漆崎整張臉都笑開了。漆崎每次看到水手服，就會露出色迷迷的樣子。

「時下的中學生看起來真成熟。」

漆崎滿臉笑容地說，他本來一定想說「發育真好」或是「真性感」之類的。

「那可不可以請教你幾個問題？」

漆崎把目光移回房東臉上的同時，立刻收起了笑容。

梶野回答說，雖然知道荒川利夫之前的地址，但對他的職業和經歷一無所知。對他來說，只要能收到房租就好，無意追根究柢打聽房客的隱私。

「他有按時繳納房租嗎？」

漆崎問，梶野皺起眉頭搖了搖頭。

「不瞞你們說，已經有三個月沒繳了。」

「所以，你有時候會上門催繳嗎？」

「有時候當然……我也是在做生意。」

「最近一次是什麼時候？」

梶野想了一下後回答說：「呃……好像是一個星期前。」

「當時有沒有覺得哪裡不對勁？除了那次之外，你對荒川先生被殺這件事，有沒有發現什麼徵兆之類的？」

梶野偏著頭想了一下，說他什麼都不知道。

接著，漆崎和新藤又去了鄰居家，見到了發現屍體的那位家庭主婦。那位主婦名叫阿部紀子，年約四十，體態豐腴，有一個國小三年級的兒子。就是這個兒子把五吋長的釘子釘在牆上。

「這孩子真的闖了大禍了……」

紀子誠惶誠恐地說，彷彿命案是她兒子造成的。

「妳之前和荒川家有來往嗎？」

漆崎問。她同時搖著頭和右手。

「完全沒有，即使在路上遇到，也不會打招呼……不光是我們家，我想，他和任何鄰居都沒有來往。」

「所以，妳也不知道有誰出入他家嗎？」

紀子想了一下後，滿臉歉意地說：「不知道。」

「目前研判命案是在兩天前發生的，請問妳知不知道什麼和命案相關的線索？」

「兩天前……就是前天吧？我什麼都……」

說到這裡，她突然住了口，用力拍了一下手說：「那好像就是前天。」

「發生了什麼事嗎？」

「我也不是很清楚是怎麼回事，總之，前天有人去了他家，後來聽到一個好像整棟房子都在震動的聲音。」

「什麼樣的聲音？」漆崎探出身體。紀子形容說：「好像是醃菜的壓石掉在地上的聲音。」這一帶的房子只要有一塊重石掉在地上，整棟房子都會跟著震動。

「幾點的時候？」

紀子瞥了一眼旁邊的時鐘後回答：「差不多四點左右。」

漆崎看了新藤一眼，又將視線移回紀子身上。

「妳是從說話的聲音知道他家有客人嗎？」

「對。」她點點頭。「我聽到嘰嘰咕咕的說話聲音。」

「訪客是男人還是女人？」

但紀子只發出「嗯」的沉吟，一臉遺憾地說：「不知道，因為我沒有聽清楚。」

接著，漆崎他們又問了幾個關於這件事的問題，但紀子並無法提供進一步的消息。

搜查總部設在轄區的布施警察署內。在偵查會議剛召開不久，就接到消息說，荒川利夫的前妻千枝子來到了警署。石井、漆崎和新藤負責去向她瞭解情況。

千枝子今年三十五歲，或許是因為衣著樸素，再加上整個人都很乾瘦，所以看起來比實際年紀蒼老，頭髮也胡亂地綁在腦後。

雖然前夫被人殺害，但她一臉平靜地坐在那裡。坐在旁邊的新藤他們有點難以理解，難道一旦離婚，原本的夫妻也會形同陌路嗎？

她對於離婚原因的解釋如下。

「他以前是貨車司機，一年前因為酒駕發生車禍，被公司開除了，我們就搬到房租比較便宜的新家，我也外出工作。但他完全不想工作，我越想越生氣，就提出和他離婚。」

「妳先生居然同意了？」

漆崎語帶佩服地說。

「他心裡很清楚，就算不答應，我也會搬出去。」

「原來是這樣。荒川太太，妳目前在做什麼工作？」

「請你不要叫我荒川太太，我們已經離婚了——我是保險公司的外務員，女人只要有心工作，不怕賺不到錢。」

「是喔。」漆崎摸著自己的下巴。
「妳對利夫先生被人殺害有什麼想法嗎？」
「沒有。」
千枝子不假思索地回答。
「妳回答得真乾脆。」
「因為即使殺了他，也得不到一分錢。」
「妳知道他和誰來往嗎？」
石井問，但她仍然搖頭。
「以前經常和其他貨車司機一起去喝酒，但現在應該沒錢喝酒了……而且我不瞭解他最近的情況。」
「他有沒有向人借錢？」
漆崎想起他欠了房租未繳，問了這個問題。千枝子的表情有了些微的變化。她有點失落地垂下眼睛，然後回答說：
「對，有。」
「有多少債務？」
「總共大約有一百萬左右……我們住在舊房子時，曾經向朋友東借一點，西借一點。」

「所以，沒有辦理戶籍遷出也是因為……」

「對，」她點點頭。「不瞞你們說，我們是連夜搬家逃走的。」

漆崎看著新藤，露出「遇到麻煩了」的表情，新藤也很想嘆氣。

「妳知道債主的名字嗎？」

千枝子想了一下說，只要看荒川家的通訊錄，應該可以知道。

「對了。」

漆崎用比較嚴肅的口吻問：「可不可以請教一下前天的白天，妳人在哪裡？」

她撥著散亂的頭髮嘀咕說：「莫名其妙。我為什麼要殺他？」

「不，並不是懷疑妳。」

「你要我提供不在場證明，居然說沒懷疑我。算了，呃，前天我記得去跑外務了。」

「是工作嗎？從幾點到幾點？」

千枝子從舊舊的皮包裡拿出記事本翻了起來。

「十點到四點半左右。」

「妳記得四點左右去哪一位客戶家嗎？」

漆崎之所以這麼問，是因為住在荒川家隔壁的阿部紀子說，四點左右有人去找荒川。

「記得，但因為是我老主顧的家，希望你們不要給對方添麻煩。」

說著，千枝子把記事本的一部分出示給漆崎他們看。上面寫著客戶的名字和地址，新藤把她手指的地方抄了下來。

「對了，目前妳兒子下落不明，是不是在妳那裡？」石井問。她微微張著嘴，注視著他的臉，然後緩緩搖了搖頭。

「不……不是還在荒川的家裡嗎？」

「不，他不在那裡。」

漆崎說，「聽鄰居說，他兩、三天前就不見了。」

千枝子的臉上頓時露出痛苦的表情。

「怎麼會這樣？那孩子到底去了哪裡？他身上應該沒錢……萬一被車子撞到怎麼辦？」

雖然她對丈夫被殺無動於衷，但聽到兒子下落不明，明顯緊張起來。

「妳知道他去了哪裡嗎？」

「不知道。」她回答漆崎的問題時一臉愁容。

4

「果然發生了殺人案。」

吃完營養午餐，阿忍在老師的辦公桌上攤開報紙嘀咕道。社會版用很小的篇幅刊登了他們昨天看到的事。

聽到阿忍的聲音，鐵平走了過來。

「我也看了那份報紙，聽說死了兩天之後才被發現，這個世界真是太可怕了。」

「所以，要多結交朋友。」

「報紙上怎麼沒提那兩個刑警大叔的名字？」

他是指新藤和漆崎。

「怎麼可能會提到他們？雖然他們很帥，但職位並不高。」

「只是基層的刑警嗎？」

「是啊。」

阿忍收起報紙。「對了，今天也要去喔，記得叫原田也一起去。」

「啊——」鐵平發出很窩囊的聲音。「老師，妳還沒有放棄嗎？」

「為什麼要放棄？昨天雖然只差那麼一點點就抓到他了，但今天他絕對跑不掉，我們已經掌握了敵人的行為模式。」

「妳倒是鬥志十足。」

「那當然，為了我的學生嘛。你們有這麼好的老師，真是太幸福了。」

「但是，我覺得他應該已經離開那一帶了，即使去了也是浪費時間。」

「不去看看怎麼知道？」

「我……今天要去補習班。」

「那就向補習班請假，補習班和遊戲機哪一個重要？」

「什麼？」鐵平深深地嘆了一口氣。「真是亂來嘛……」

……所以，這天放學後，阿忍他們又來到商店街。

「我已經無所謂了。」

跟在鐵平身後的原田小聲地說，「又沒有很貴……」

「你說什麼啊！你要是小看錢，就別怪我不客氣。」

「但是，我今天要練琴……」

「搞什麼？你一個大男生，練什麼鋼琴啊？」

「我媽叫我練的。」

「對父母言聽計從可不是好事，你彈到什麼程度了？」

原田想了一下，說出了目前練習的曲目。他的程度已經完全超越了阿忍。

「呿！」她咂了一下嘴。

來到中村電器行後，阿忍再度走進了小巷子。

「他今天應該不會在那裡吧？」

她來到昨天巧遇少年的地方時說。鐵平和原田露出「不是早就說了嗎？」的表情。

「但是，那個孩子會躲在這裡搶別人的東西，代表他對這一帶很熟悉，可能就住在這附近。看他的年紀，應該是小學五、六年級，搞不好是東大路小學的學生……」

住在大路小學校區東邊那個校區的小孩，都讀東大路小學，那裡以前是大路小學的分校。

「如果他是那個學校的學生，事情就簡單多了。」

原田抓著阿忍的袖子。「老師，妳可以去東大路小學，請他們給妳看學生的照片，馬上就可以查出來。」

「正因為我做不到，所以才辛苦啊。我不想把事情鬧大，最好能夠私下解決。」

這樣不知道什麼時候才能有結果。鐵平在嘴裡嘀咕著，但幸好沒有傳到老師的耳朵裡。

「好，先去那家電器行，也許他也會去那家店，問老闆就知道了。」

阿忍轉身走回商店街的方向，看到前方有一個男人走過來。他個子很高，西裝外穿著風衣。男人原本低著頭走路，發現阿忍他們後，舉起右手向他們打招呼。

「嗨！怎麼會在這裡看到你們？散步嗎？」

他是府警總部的新藤刑警。乍看之下，感覺是個菁英。

「呃，是啊，剛好有點事。」

雖然阿忍心裡嘀咕，怎麼可能帶了兩個學生在這種小巷子裡散步，但還是面帶笑容地這麼回答。

「新藤先生，你在辦案嗎？」

「是啊。」

然後他告訴阿忍一行人，昨天在這附近發現有人被殺的事。

「我知道。我昨天剛好也經過這裡，漆崎先生也來了嗎？你們今天要在這附近打聽嗎？」

「是啊，我們還是要靠兩條腿辦案。」

站在阿忍身旁的鐵平說：「基層刑警真辛苦。」阿忍啪地打了他的頭。幸好新藤似乎沒聽到，他一派悠然地繼續說道：

「這起命案很棘手，不瞞妳說，我們正在找被害人的兒子。」

「被害人的兒子？」

「對，他在命案發生前不久失蹤了。啊，對了，剛好順便問一下你們……」

新藤從西裝口袋裡拿出一張照片。「你們認識這個小孩嗎？還是說，曾經見過……」

但是，鐵平連看都沒看，又重複了一遍和剛才同樣的話，「我們不認識這裡的人，你可以去東大路小學打聽啊。」

「當然已經去過了，校方說，沒有這個學生。反正你們看一下啦。」

新藤堅持要他們看照片，原田接了過來。「咦？」他輕聲嘀咕，然後拿著照片，眼球往上轉了轉，嘟起了嘴。

「好像在哪裡見過。」

「我看看。」

鐵平拿過照片，立刻叫了起來。「喔！」

「你認識他嗎？」

新藤問。阿忍也看了照片。

「喔！」

「老、老師妳也認識？」

新藤興奮地問。阿忍把照片遞到他面前問：

「這個孩子現在在哪？」

新藤一臉快哭出來的表情。

「我就是在問你們啊。」

「喔，原來他搶了遊戲卡帶，你們想抓住他。」

新藤一邊用鏟子切開大阪燒，驚訝地說。這家大阪燒店和中村電器行中間隔了一家店，雖然新藤說，要不要去咖啡店坐一下，但鐵平和原田推薦了這家店。阿忍也覺得比起咖啡和紅茶，這家店更理想。

「太巧了，沒想到那個孩子是命案被害人的兒子。」

阿忍說著，把撒了青海苔的大阪燒送進嘴裡。

「被害人的兒子在命案發生之前突然失蹤，他很可能知道一些什麼。總之，要趕快找到他，向他瞭解情況。」

不知道是否得到了可能有助於找到那個孩子的線索，新藤的語氣變得輕鬆起來。

「你說他沒上學嗎？」
阿忍問。
「對啊，其實之前就猜到了，他們一家連夜從之前住的地方逃走，所以也沒有辦轉學手續，就沒去上學了。」
這的確算是相當不幸的境遇。阿忍不禁有點同情那個孩子。
「問題在於他為什麼要偷遊戲卡帶……」
「對啊，這是很大的疑問。」
新藤也點點頭。
鐵平和原田在一旁吃著炒麵，翻著少年雜誌，而且還是好幾個月前的舊雜誌，封面已經破破爛爛，書頁上黏著乾掉的高麗菜渣，破舊的封面上用麥克筆大大地寫著店名。
阿忍停下筷子，轉頭看著這兩個學生。
「你們不要一直看漫畫，也該提供一點協助。光吃不做事，和吃霸王餐沒什麼兩樣。」
「但我們什麼都不知道啊。」
對吧？鐵平又看著原田問。原田嘴裡不停地吃，拚命點著頭。
「比方說，你們可以想一下那個孩子為什麼要偷遊戲卡帶。」

鐵平喝了一口杯子裡的水，然後，一派悠然地看著阿忍。
「只要說理由就好了嗎？」
「不可以說，他想要拿去玩。我看他應該沒空玩遊戲。」
「如果他想玩，只要向別人借就好。我想，他應該把搶到的遊戲拿去賣了。」
「賣了？賣去哪裡？」
新藤插嘴。
「當然是二手店。那些都是剛上市的遊戲，應該可以賣到好價錢。」
「二手店嗎？嗯，很有可能。」
「這種事誰都知道。」
鐵平不以為然地冷笑了一聲。
「哪裡有二手店？」
阿忍問，鐵平和原田互看了一眼後回答：
「最近開了很多家，哪裡都有，最大的應該是三明堂。」
「三明堂？」
「在今里。」
今里是布施的下一站。
「好，」新藤站了起來。「我們去那裡看看，你們可以帶我去嗎？」

兩個學生放下免洗筷嘆了一口氣，然後，鐵平說出了他的心聲。

「真是沒辦法，要去就去啊。」

今里車站前方也有一個商店街，只是沒有拱頂。三明堂就在走進商店街不遠的地方，主要以出租錄影帶為主，但店內有三分之一是遊戲區。老闆理著五分頭，體格很不錯，感覺很像是壽司店的師傅。

老闆接過新藤遞給他的照片，立刻說：「原來是那孩子。」

「他來過嗎？」

新藤問。老闆用力點頭。

「昨天和前天都有來，他來賣遊戲。因為拿來的貨不錯，所以我印象很深刻。」

「大叔，他是不是來賣『未來都市』的卡帶？」

鐵平戰戰兢兢地問。

「對啊，你知道得真清楚。昨天才拿來，今天一大早就賣出去了。」

老闆開心地說，鐵平皺著眉頭咒罵：「媽的。」

「今天還沒來嗎？」新藤問。

「今天還沒來。之前沒見過他，以後也可能不會再來了。」

「你知道他住哪裡嗎？」

「我怎麼可能知道？」

其他客人在叫老闆，老闆便走去招呼客人了。新藤向阿忍他們使了一個眼色，走出了三明堂。

「真遺憾。」阿忍說。

「不，能夠查到這裡，就是很大的收穫。給你們添麻煩了。」

新藤說要送鐵平和原田回家表達歉意，阿忍和他們在店門口道別。

——我還真是閒著沒事做，居然特地來這種地方……

阿忍走在今里的商店街，拚命忍著內心的苦笑。仔細想一想，發現這件事根本和她沒有關係。

既然來到這裡，阿忍決定散步回家。她好久沒有一個人散步了。

中途，她看到有一家立食[11]蕎麥麵店，店門口飄來一股柴魚高湯的香味，阿忍停下了腳步。好久沒去立食蕎麥麵店了。

——嗯，雖然剛吃了大阪燒，但還是無法抗拒這股香味啊。

猶豫再三，最後，阿忍還是進了麵店，幾個看起來像是上班族的男人正站在吧檯前吃麵。

「歡迎光臨。」

吧檯內的老闆聲音洪亮地招呼著她。

「天婦羅蕎麥麵……」

她還來不及說出「一碗」這兩個字就停了下來。她在吧檯前的那排男人中，看到了少年的身影。當然就是那名少年。

「啊！」

聽到叫聲，少年也發現了阿忍。說時遲，那時快，他放下手中的碗，衝出了店外。阿忍也不假思索地追了出去。「喂，這位小姐。」阿忍聽到老闆在身後叫她，但現在可不是吃麵的時候。

少年依舊跑得很快。不過，他可能對這一帶比較不熟，所以並沒有選擇複雜的巷弄。而且這一帶的路比較寬，只要在大馬路上，阿忍就有自信可以追上他。

今里車站附近有一條城東運河，當然必須從橋上越過那條河。阿忍在上橋前抓住了少年。

「他媽的，放開我！」

「你死了這條心吧，一旦被我抓到，你就絕對逃不了了。」

11 沒有座位，只能站著吃的店面。

「幹！居然遇到跑這麼快的老女人。」

「別小看我，我以前可是第四棒的王牌喔。」

「我又沒有偷妳任何東西，妳昨天和今天都拚了老命追我，到底是為什麼？」

「因為我無法對小孩子的不幸袖手旁觀。」

「哼，那些不愁吃穿的小鬼哪裡不幸了？即使被偷一、兩個遊戲，他們也不痛不癢。」

「你別誤會了，這不是錢的問題，而是心情的問題。而且，你也很不幸。如果你老是有這種偏頗的想法，最後會連同身為人的尊嚴也一起喪失。人一旦失去尊嚴，就是人渣。」

「人渣就人渣啊，放開我。」

少年在掙扎時，肚子發出了咕咕的聲音。他們相互瞪視著，沒有說話。

「原來你肚子餓了，對喔，你剛才的麵還沒吃完。」

「妳少囉嗦，不用妳管。」

「那怎麼行？因為餓肚子的小孩也很不幸。」

阿忍說完，四處張望著，把少年帶到附近的零食店。那家零食店門口在賣魷魚燒。魷魚燒就是把蛋和魷魚加在麵糊中，用兩塊鐵板壓扁並煎熟的小吃。阿忍買了魷魚燒後遞給少年，少年抬眼看著她，滿臉不悅地接了過來。

「我們一邊吃，一邊走吧。」

阿忍拉著他的手，但他站在原地不動。

「去哪裡？」

「那還用問嗎？當然去找警察啊。」

「只不過是偷了遊戲而已，不需要報警吧。」

「不光是遊戲的事，這件事晚一點會要求你說清楚。警察是因為其他的事找你。」

「為什麼？我又沒做其他壞事！」

「既然沒做壞事，又何必逃跑呢？你爸爸被人殺害了，你去了哪裡？」

在阿忍手中掙扎的少年突然安靜下來，用令人緊張的銳利視線看著她。

「妳騙人！」

阿忍呆然地看著他的變化。

「你……」

少年咬著下唇，雙眼仍然瞪著她。

「你……不知道嗎？」

她發現淚水從少年的眼中流了出來。阿忍鬆開少年，想要拿手帕，少年立刻鑽過她的手下逃走了。

「啊，你別跑！」

阿忍大叫時，少年已經幾乎消失在人群中。阿忍渾身無力，呆然地站在原地。

5

第二天放學後，梶野真知子來到大路小學的教師辦公室。認識她的老師以為是畢業生回母校看老師，都開心地和她聊天。她之前在學校是優等生，大家都很喜歡她。

但是，真知子向之前的恩師打完招呼，就跑去找阿忍。阿忍發現她的神色看起來比上次更加凝重。

「老師，我有事找妳商量。」

「找我商量？」

阿忍巡視了辦公室內，站起來對她說：「那我們去操場。」

大阪的小學操場都很小，大路小學也不例外，只能勉強容納一個壘球場，而且，校舍就在中外野的區域內。

阿忍帶著真知子來到小操場角落的單槓處。

「找我有什麼事？」

阿忍問，真知子微微低著頭說：「是關於上次命案的事。」
「發生什麼事了嗎？」
「對啊……呃……」
真知子嘴唇動了起來，終於下定決心般抬起頭。「警方好像在懷疑我爸爸。」
「懷疑妳爸爸？為什麼？」
「我也不知道。」她搖了搖頭。「但昨晚刑警來我家，問了爸爸的不在場證明，問爸爸三天前的下午人在哪裡。」
「是喔，那正是命案發生的當天，但是，妳不必為這種事擔心，刑警不管遇到任何人，不管有沒有嫌疑，都會問一下不在場證明。」
阿忍語氣開朗地說，真知子仍然愁眉不展。
「但我爸爸的行為也很詭異。」
「妳說詭異……」
「他對刑警說，那天他一整天都在家，刑警聽了之後就離開了，但爸爸沒有說實話，那天他中午就出門了，傍晚才回家。」
「是喔。」
阿忍的表情也嚴肅起來，她覺得現在不是傻笑的時候。
「爸爸叫我不要把他中午出門的事說出去，我不明白爸爸為什麼要說謊。」

「是不是不想引起不必要的懷疑？」

「我覺得不像是這樣……」

真知子再度低下了頭，用球鞋的鞋尖踢著地面，然後自言自語地說：「我不知道警方是怎麼看我爸爸的……之前聽說老師和警方很熟。」

「嗯，雖然很熟……」

阿忍抱著手臂沉思片刻後說：「我先送妳回家。」其實，她完全不知道該如何處理眼前的情況。

「我知道妳很擔心，但妳應該相信妳爸爸，對嗎？」

「相信喔……」真知子微微偏著頭說：「有點不太一樣。」

「什麼不一樣？」

她又想了一下說：「不能說是我相信我爸爸這個人，而是我相信他的膽小。我覺得他絕對不可能做殺人這麼大的事。」

「是喔……」

「我想，他只要看到血就會昏過去。」

「是喔。」

阿忍無言以對，只好沉默不語。

來到梶野家附近時，她們同時停下了腳步。因為她們看到一輛警車停在門口，不一會兒就有人從裡面走了出來。身穿灰色西裝的男人帶著一個鮪魚肚男子走了出來，仔細一看，穿西裝的是漆崎，新藤也在一旁。

「爸爸。」真知子跑向那個鮪魚肚男人，他是梶野政司。

「真知子，對不起……」

梶野垂著兩道眉，看著女兒的臉。

「原諒我，妳要好好照顧媽媽。」

「媽媽在哪裡？」

「在裡面哭。」

梶野回頭看著家裡的方向。

「爸爸，為什麼？你為什麼會……」

真知子拉著梶野的衣服，他無力地搖了搖頭。「爸爸也搞不太懂，可能是臨時起意吧。」

「漆崎先生！」

阿忍出聲，漆崎看了她一眼，親切地瞇起眼睛。

「好久不見，最近好嗎……不用問，一看就知道妳很好。」

「這是怎麼一回事？為什麼梶野先生會變成兇手？」

阿忍大聲問道，漆崎對她閉起一隻眼睛。

「我們沒說他是兇手，只是來問他一些事，他就自己招供了，我們也搞不清楚是什麼狀況。」

「這……」

阿忍說不出話，漆崎把梶野帶上了警車。新藤不知道還想說什麼，但最後什麼都沒說，就上了警車。阿忍和真知子一起忍受著警車噴出的廢氣。

6

漆崎和新藤並沒有特別懷疑梶野。搜查總部打算徹底清查被殺的荒川的過去，製作了嫌犯清單。雖然荒川積欠房租未繳，但對梶野來說，並不是太大的金額。荒川利夫躲債的金額更大。

但是，一通用假音打給警方的電話，讓警方開始注意梶野。那天清晨，布施站前派出所接到一通電話。

「案發當天，我在傍晚的時候看到梶野離開命案現場」——電話中的聲音這麼說，接電話的年輕警官還想問對方的名字，但對方已經先掛上了電話。當問及電話中的聲音時，那名警官回答：「打電話的人好像用手帕捂住了電話，所以聲音聽起來悶悶的，既像是女人，也像是男人用假音在說話。」

漆崎和新藤立刻去梶野家瞭解情況，他們一說「有人看到你那天從命案現場離開」，梶野就突然蹲在地上哭了起來，一邊哭，一邊坦承：「是我幹的。」

兩名刑警有點莫名其妙，但只好帶著梶野回到了警署。

以下是梶野招供的內容——

「對不起，是我殺了荒川先生。我並不是一開始就想殺他，那天，我四點左右去找他，催他繳房租。荒川先生情緒很激動，說沒錢可繳。於是，我們就爭吵起來，後來動了手。我不知道發生了什麼事，當我回過神時，手上拿著菜刀，他的身體中了刀。於是，我慌忙逃回家了。我把菜刀藏在倉庫的工具箱裡……回家的時間嗎？我記不太清楚，但應該是六點左右。」

「總覺得這件事有蹊蹺。」

從布施警察署回程的電車上，漆崎不停地偏著頭納悶。

「怎麼了？他的自首內容很合理，沒有任何矛盾的地方。」

新藤雙手拉著吊環，拚命忍著呵欠。

「嗯，雖然合情合理……」

「你好像很不乾脆。」

「嗯，我覺得梶野的記憶有太多模糊的部分，連是荒川先拿刀子還是他先拿刀子這一點也忘記了。」
「可能情緒太激動了。」
「是嗎？不管是誰先拿的，看到刀子通常會感到害怕，照理說會印象深刻才對。」
「可能一切都發生在轉眼之間吧。」
「嗯，是嗎？時間的問題也很不明確，嗯，只知道他情緒很激動。」
新藤不再表達意見。因為他很清楚一旦漆崎開始煩惱，旁人說什麼都是徒勞。而且這次的案子中，兇手已經自己招供了，即使在某種程度上判斷錯誤——比方說，可能是正當防衛——但仍然無法改變梶野殺了荒川這個事實。
「關於千枝子……」
漆崎主動找他說話，新藤看著前輩刑警的臉問他：「你說誰？」
「千枝子，就是荒川的前妻。」
「喔。」
喔，原來是她。新藤想了起來，點了點頭。
「她有沒有不在場證明？」
「為什麼突然問起她？」

「別管那麼多，趕快告訴我。」

「她說在四點半之前去客戶家拜訪，也有證人可以證明。」

「在關鍵時間點的行蹤卻很模糊。」

「是沒錯，但如果千枝子去了荒川家，再對照梶野的話就很奇怪了。因為梶野四點左右就在荒川家。」

新藤說明道。漆崎再度偏著頭嘟囔說：

「也對。」

7

那一週的星期六。

阿忍正在公園歇腳，鐵平和其他人回來了。

「沒有嗎？」

阿忍看到他們的表情，開口問道。幾個學生都無力地搖頭。

「電器行和玩具店都找遍了，也去電玩中心看過了，都沒有找到他。」

鐵平代表眾人回答。他們剛才似乎跑了不少地方，全都累壞了。

「原田那一組負責去哪裡找？」

「他們去找吃東西的地方，剛才在電影院前遇見他們，好像也沒有找到。」
「是喔……」
阿忍抱著雙臂沉思起來。
她在昨天的早報上看到了梶野政司自首的相關報導，這似乎已經是無法改變的事實了。
但是，阿忍對一件事耿耿於懷，就是那個少年的事。上次她抓到那個少年時，他並不知道他父親死了的消息。也就是說，他是在荒川利夫被殺害之前離家出走。那麼，他為什麼要離家出走？
梶野被帶走後，真知子撲在阿忍胸前痛哭。從那一刻開始，阿忍就努力思考自己能不能為真知子做什麼。想要救梶野，唯一的方法，就是證明他是正當防衛，但是，梶野對爭執前後的記憶很模糊，也無法明確說出是誰拿出了刀子。阿忍一直在思考是否有什麼方法，最後得出一個結論，認為那個小孩可能知道什麼。比方說，他可能知道他離家時，他父親的精神狀態。假設他可以證明他父親精神異常激動，或許可以證明梶野是正當防衛。
於是，阿忍再度找了鐵平和原田，提議再去找之前那名少年。他們雖然不太瞭解具體的情況，但知道這麼做或許可以幫助別人。
那兩個學生又找了其他同學，然後，阿忍班上的所有學生都參加了大搜索。

然而，他們並沒有找到少年的下落。

「他可能改變了活動地點。」

鐵平微微偏著頭說，「鶴橋和上六那裡有很多家收購遊戲軟體的店。」

如果去日本橋那裡就更多了。另一個學生說。

不一會兒，原田那一組人也回來了。每個人臉上都寫著疲憊，阿忍看了很難過。

「算了，大家一起回家吧。」

她勉強擠出很有精神的聲音說完，開始往回走。鐵平和原田也緩緩跟在她身後。

「真可惜，」原田嘆著氣說：「我們難得做對別人有幫助的事。」

「這也沒辦法，」阿忍說：「況且，即使找到他，或許也幫不了什麼忙。」

阿忍和那些學生走過市場。每次那名少年逃走時，都會經過這條路。

他們經過市場後又走了一段路，聽到身後傳來一個聲音。「別跑！」阿忍回頭一看，發現一個頭上綁著頭巾的男人，抓住了一個平頭小孩的脖子。

「我要把你交給警察。」

男人不停地打著小孩的頭。

阿忍揉了揉眼睛。那個孩子就是那名少年，沒想到踏破鐵鞋無覓處，得來全不費工夫。鐵平和原田也說不出話。

「怎麼了？」

阿忍走了過去，男人露出意外的眼神。「這個小鬼偷我店裡的魚板，他用髒手直接抓，我根本賣不出去了。」男人說話時噴著口水。

「這個魚板的錢我來付。」

「什麼？」男人瞪大了眼睛，上下打量著阿忍後問：「妳是誰？」

「我是忍老師。」阿忍回答。

「老師嗎？有這種壞學生真辛苦，反正只要妳願意付錢，我就沒什麼好說的了。」

男人接過錢，狠狠瞪著少年說：「下次你再敢偷，小心把你打死。」然後走回了市場。

鐵平和原田立刻上前抓住了少年的手臂，所有人再度回到了公園。

「我身上一毛錢也沒有，妳叫我賠錢，也沒錢可以給妳。」

即使被抓住兩隻手，少年照樣嘴硬。他雙眼瞪著阿忍。阿忍不禁覺得他比班上的學生更有骨氣。

「這種事不重要。你可不可以告訴我，為什麼要離家出走？」

「為什麼？我為什麼要告訴妳？」

「因為我想聽啊，而且我還想知道你離家時，你爸爸的情況。」
「哼。」少年把頭轉到一旁。
「你給我老實說。」
鐵平敲著少年的額頭，但少年狠狠地瞪了他一眼。
「那就沒辦法了。」
阿忍四處張望，發現了電話亭，緩緩地走了過去。
「妳要打電話去哪裡？打給警察嗎？」
少年似乎有點緊張。阿忍搖了搖頭。
「打電話給警察也沒用，我要打去另一個好地方。」
「哪裡？」
阿忍的嘴唇露出笑容，「打電話給你媽媽，請她來接你。」
「啊，別打，笨蛋！」
少年立刻掙扎起來。果然不出所料，阿忍在心裡笑了笑。
「當然要叫你媽媽來接你，這是常識啊。」
「別打，別叫那個老女人來。」
「那你願意回答我的問題嗎？如果你回答，我就放你一馬。」
「妳威脅我嗎？真卑鄙。」

「那我要打電話。」
「啊！別打！」
「那你願意說囉？」
「…………」
「那我要打了。」
「不行。」
「那你願意開口囉？」
「…………」
「願意說吧？」
「……他媽的。」
那天晚上，阿忍去警察署找漆崎和新藤，在會客室內把少年告訴她的事說了出來。
「喔，這麼說，」漆崎難得用嚴肅的表情看著阿忍。「荒川利夫在被殺前不久，叫兒子去找他媽媽？」
「對，他叫兒子忘了他，和媽媽一起好好過日子，當時的表情很悲戚。」
「是嗎？」

漆崎閉上眼睛，抱著手臂。

「結果，那個孩子沒有去找媽媽？」新藤問。

「對，那孩子說，他媽媽很自私。之前拚命叫老公工作，沒想到稍微吃點苦，就拋夫棄子……所以，他沒有去找他媽媽，四處流浪。現在仍然堅持絕對不去和媽媽同住。」

「是喔……不過，小孩子剛離家不久就遭人殺害這件事似乎不單純，到底是怎麼回事？」

新藤問前輩刑警。「我不知道。」漆崎回答。

阿忍輪流看著兩名刑警後說：「會不會是想同歸於盡？」

「同歸於盡？」漆崎瞪大了眼睛。

「對，雖然通常都是男女感情糾紛才會有這種事，但荒川先生會不會想拉著梶野先生一起死？結果在爭執之後，只有荒川一個人死了。」

「但是，他們爭執的原因是因為積欠房租，況且，他為什麼要和梶野同歸於盡？光是想像一下就很噁心。」

漆崎嘟著嘴說。

「不，等一下。」

漆崎看著天花板，然後，又閉上眼睛沉默了幾秒。他張開眼睛的同時站了起來。

「新藤，我們再去找千枝子，還有梶野。尤其是梶野，盡可能不要給他壓力，讓他好好回憶命案當時的情況。」

8

梶野政司獲釋的隔天，真知子來向阿忍道謝。真知子看起來比之前更瘦了，但氣色很好。

「真的太感謝您了。」

真知子深深鞠了一躬，阿忍搖著手苦笑。

「我沒有做什麼，多虧了漆崎先生和新藤先生，雖然他們是基層刑警，但還是很了不起。」

「到底是怎麼解決的？我爸爸也有點搞不清楚狀況。」

「嗯，反正結果就是自殺。」

「自殺？」

真知子瞪大了眼睛。這也難怪，阿忍當初聽到時，也同樣驚訝。

「嗯，他生活陷入困頓，所以想要自殺。但在自殺前，妳爸爸剛好上門，他們為房租的事發生了爭執。妳爸爸被他推了一把，撞到頭，結果失去了意識。」

「我聽說了，我爸當時好像腦震盪了。」

「荒川先生之後就自殺了，但在他自殺後，他的前妻剛好去他家，所以就把事情弄得很複雜。」

千枝子上門是為了看看兒子。雖然她因為對丈夫沒有感情而離了婚，但還是很關心自己的孩子。

沒想到那天她一進門，就看到丈夫的屍體和昏倒的房東。她搞不清楚發生了什麼事，只知道荒川自殺了。因為他手上緊緊握著菜刀的刀柄。

雖然搞不清楚狀況，但千枝子立刻想到一個可怕的念頭，她打算把現場偽裝成那個昏過去的男人殺了荒川，到時候，那個男人的家屬就會付一大筆賠償金給她的孩子。

她從荒川身上拔出菜刀，塞進昏倒在地的男人手上，又把男人的身體稍微移向屍體。

完成以上這些工作後，她就靜觀案情的發展。當她發現警方始終沒有鎖定梶野後，就用假音打了那通電話。

「這麼看來，我爸的確很笨，明明自己沒有殺人，卻誤以為自己殺了人。」

因為案情已經明朗，真知子笑得很開心。

「妳爸爸腦震盪後醒來就看到屍體，不管是誰，遇到這種事都會慌了手腳，更何況失去意識之前的記憶很模糊，所以就更緊張了，也會失去時間的感覺，聽說妳爸爸第一次供詞的某些地方，就讓警方覺得有點不太對勁。」

然後，阿忍又補充了一句，刑警果然很厲害。

這天放學時，阿忍走出校門，看到了那名少年。他在十公尺外目不轉睛地看著阿忍。

「你在這裡幹什麼？」

阿忍問，但少年沒有回答。

「你要去哪裡？」

少年還是沒有回答。鐵平他們不知道什麼時候出現在阿忍身旁。鐵平小聲地問：「他來幹什麼？想要報復嗎？」

「不，」阿忍搖了搖頭。「他是來向曾經交手的朋友道別。」

少年似乎露出了隱約的笑容，也可能想說什麼，總之，他的嘴唇出現了些微的變化。

少年轉身走了，最後又回頭看了一次，跑進了附近的巷弄。他奔跑的速度相當快，和第一次見到他時一樣。

阿忍不知道他要去哪裡，也不知道他日後有什麼打算，也許要和他最討厭的媽媽一起生活，也可能去投靠其他親戚，但是，阿忍希望可以繼續想像他在宛如迷宮般的巷子裡奔跑的身影。

忍老師的相親

1

叮咚噹咚。下課的鈴聲響了。

上完一天的課，阿忍一回到教師辦公室時，學務主任中田就笑嘻嘻地走了過來。他每次表現出這種態度，必定是有事相求，阿忍假裝沒看到他，匆匆收拾東西準備回家。

「竹內老師，上課的情況怎麼樣？」

中田擠出親切的笑容問道。這種時候特別危險。

「馬馬虎虎。」

阿忍不假辭色地回答。「是嗎？」中田嘴上這麼回答，但似乎更在意周圍的視線。可能有什麼不想被人聽到的事要拜託阿忍。

確認附近沒人後，他把臉湊到阿忍的耳邊。

「其實啊，有一件很重要的事。」

我就知道。阿忍內心緊張起來。

「我今天要早一點回家，如果有事，請找別人……」

她來不及像平時一樣一口氣說完這句話，就趕快逃離現場，最後「幫忙」兩個字還沒有說出口，就被中田抓住了手臂。

「只有妳能幫這個忙。」

中田主任壓低嗓門說。

「如果你想借錢，去找別人吧，聽說森下老師存了不少錢。」

「笨蛋，我怎麼會向妳借錢？不是這件事，對妳來說，也是好事一樁。妳聽了之後，搞不好會流著淚感激我。」

「太誇張了。」

「聽了之後，再來判斷我有沒有誇張。來，跟我來一下。」

他們來到辦公室角落的茶水間，中田從西裝內側拿出一張照片。然後，又壓低嗓門說：「這個人想要相親，我就想到了妳。」

「莫名其妙。」阿忍對著天花板嘆了一口氣。「我幹嘛要去相親？我會自己找老公。」

「妳別現在說大話，搞到最後嫁不出去，小心像森下老師、山田老師、岡本老師、廣山老師還有小金井老師一樣，變成老姑娘。」

「只是我們學校的老姑娘比例太高了而已，不必擔心，我也有一、兩個男人找我約會。」

「妳別以為我不知道，妳說找妳約會的，是不是那個叫新藤的菜鳥刑警？那種男人不行啦。」

新藤的確曾經來約過阿忍，但因為阿忍臨時有工作，所以他們並沒有實際約會過。而且，阿忍也不清楚新藤約她的目的是什麼，整體來說，是個態度不清不楚的男人。

「先別管這麼多，妳先看一下照片再說。」

阿忍露出不耐煩的表情，接過中田遞給她的照片。她已經先入為主，覺得在這個年代需要相親的男人絕對不會是什麼優質男人。

沒想到——

「…………」

「怎麼樣？」中田探頭看著她的臉。「是不是很帥？」

「嗯……呃，算是不錯啦。」

阿忍不置可否地應了一聲，但說句心裡話，照片上的男人剛好是她喜歡的類型。照片上的男人站在車子前，從高度比例推測，身高應該也很高。

「身高一百八十公分喔，」中田似乎看透了她的心思。「而且，還是K工業的儲備幹部，前途無量呢。」

K工業是位在豐中的一家公司，是大型工業機械廠商的子公司。

「怎麼樣？今天之內就要給對方回覆。」

形狀。

「還真急啊。」

「打鐵要趁熱啊，怎麼樣？我可以回覆對方妳沒問題吧？」

「嗯，這次還是算了，反正我也不急。」

阿忍想把照片還給中田，中田的眉毛立刻垂了下來，變成了八點二十分的形狀。

「妳別這麼說，先見一下再說嘛。這是對方公司的董事長拜託的，那個董事長是我家親戚的朋友，我不好意思拒絕啊。見了面如果不喜歡，再拒絕就好了。反正已經安排好這個星期六，在大阪的餐廳見面了。」

「誰教你沒經過我同意就亂答應，不關我的事。」

「妳別這麼說，給我一個面子吧。妳可以在餐廳點妳喜歡吃的菜。」

中田在額頭前合著雙手，低下頭髮稀薄的腦袋。「而且……對了，下次我不會再派妳去處理雜務了。」

「真是沒辦法。」

阿忍嘆氣，中田雙眼發亮地抓住她的手。

「那就一言為定，太好了，妳幫了大忙了。」

他一口氣敲定了相親的行程，阿忍還來不及確認，他就轉身離開了。他一定擔心阿忍會反悔。

茶水間只剩下阿忍一個人時，她再度看了照片。照片上的男人的確算是個大帥哥。

——如果見面聊天之後，覺得對方不錯，也可以考慮一下。我也到了女大當嫁的年紀了，學校的老師嫁不出去的可能性很高，而且到時候就不必再聽田中鐵平和原田那些小鬼說什麼「小心沒人娶妳」這種話了……那幾個死小孩真討厭……

阿忍心裡這麼想著，走出茶水間，發現那兩個人居然一臉賊笑站在那裡。阿忍差一點脫口而出：「啊，死小孩……」最後還是忍住了。

「老師，教室打掃完了。」

鐵平露出詭異的笑容，阿忍板著臉說：

「是嗎？辛苦了。」

然後，輪流看著他們兩個人的臉。

「你們剛才就在這裡嗎？」

「什麼？沒有，我們剛來。」原田回答。

「是嗎……你們是不是聽到了什麼？」

「我們什麼也沒聽到。」鐵平說：「你們剛才在說什麼好玩的事嗎？」

「怎麼可能？」

「既然你們沒說，我們當然不可能聽到啊。」
「……」
「老師，我們可以回家了嗎？」
原田問，阿忍回答：「好，可以啊。」
那兩個人互看了一眼，快速沿著走廊跑走了。他們在走廊上一轉彎，下一秒立刻傳來好像爆炸般的大笑聲。

2

「喂，這裡是搜查一課。」
漆崎接起了電話。向來嘻皮笑臉的他，一旦遇到工作時就變得很嚴肅，這是他的優點。但是，今天他的表情非但不嚴肅，反而笑得更開心了。
「喔，他在他在，你等一下。」
漆崎把電話遞給新藤。「你朋友打來的。」
「我朋友？」新藤偏著頭納悶，接過了電話。
「你好，我是新藤。」他對著電話說。下一秒，他幾乎從椅子上跌下來。
「你們在幹什麼？怎麼可以打電話來這裡？」

漆崎知道是誰打來的電話，拚命忍著笑。新藤瞥了他一眼，壓低聲音說：

「什麼？笨蛋，我當然有認真工作……你、你在胡說什麼啊，我當然有立功，只是你們不知道而已。當然不可能每起案子都有出色的表現，喂，你到底有什麼事？」

新藤聽電話時皺著眉頭，但很快就收起了臉上的表情，他開始用手捂著電話說話。

「喂，這件事……真的假的？」

「當然是真的。」

鐵平用吸管滋滋滋地喝完冰可可後說。「這個星期六就要相親了。」

「他們要在餐廳相親。」

原田也吃著巧克力聖代說。新藤看著面前的咖啡，沉默不語。

鐵平他們正在大路小學附近的咖啡店，他們說知道有關阿忍相親的事，新藤就約了他們在這裡見面。

「但是，忍老師應該沒有很積極吧？」

新藤看著他們的臉問。

「嗯，感覺是聽到可以去餐廳吃東西才答應的。」

聽到原田這麼說，新藤稍微鬆了一口氣。「她的確很喜歡吃。」

「但是，聽說對方很帥，是忍老師喜歡的類型。老師也很喜歡帥哥。」

說著，鐵平咬著杯子裡剩下的冰塊，又問：「我可以吃冰淇淋嗎？」新藤心不在焉地點點頭。

「你打算怎麼辦？」原田問。「因為我們知道你喜歡忍老師，所以才跟你說。如果你不採取行動，老師就會被其他男人搶走，是不是該做點什麼？」

「但是，我能採取什麼行動？」

「去搞破壞呢？」鐵平說，「我和原田也會幫你。」

「你、你們別說蠢話，我怎麼可能做這種事？而且，也不知道他們在哪裡相親。」

「我們知道。」鐵平說著，賊賊地笑了起來。

「而且還知道時間喔。我覺得至少要去看一下他們相親的情況。」

「笨蛋……我可不想做到這種程度。」

新藤大口喝著水，鬆開了領帶。

3

那個星期六下午快四點的時候。

阿忍和中田走出地鐵梅田站，發現天空籠罩著一大片烏雲，還開始飄起了小雨。

「真是衰爆了，出門時還沒有下雨。」

阿忍忿忿地說。

「難得穿了一件漂亮的洋裝，這下子可要淋濕了。」

中田清了清嗓子，「這種事不重要，妳可不可以至少在今天說話淑女一點？否則能談成的事情也會吹了。」

「為什麼？這種時候，不是要表現出真實的自己嗎？」

「那也要看時間和場合，依妳的話，如果表現出真實的自己，男人都會跑光光。」

「你真是完全不留一點面子給我。」

他們一邊說著話，在四點整來到某飯店。他們和對方約定四點在這家飯店的大廳見面，之後再去樓上的餐廳用餐。

但是，他們在大廳等了一會兒，仍然不見對方現身。一眨眼的工夫，十分鐘過去了。

「這種時候遲到，到底是什麼意思？主任，對方是不是不把我們當一回事？」

阿忍無法克制內心的煩躁，咄咄逼人地質問中田。

「真是奇怪了，對方不像是這種人，我去打電話問一下。」

他正準備起身，一個男人走了過來。「請問是中田老師嗎？」阿忍抬起頭，發現照片上的帥哥站在面前。

「喔，我正想去打電話。」

中田露出鬆了一口氣的表情，對方深深鞠了一躬。

「對不起，我遲到了。因為剛好在談工作，董事長也會晚一點來。」

「是嗎？既然是工作，那也沒辦法了。啊，我來介紹一下，這位是我們學校的老師，她是──」

「我叫竹內忍，今年二十五歲。」

阿忍立刻站了起來，彬彬有禮地自我介紹後行了一個禮。中田看得目瞪口呆。

帥哥也面帶微笑地回答：「妳好，我叫本間義彥，今年二十八歲。」

「他們坐下來了。」鐵平告訴用菜單遮住臉的新藤。

「我知道。」新藤回答，他們坐在離阿忍他們最遠的那張桌子旁。

「果然是帥哥，比你帥多了。」

原田慢條斯理地說。

「笨蛋，男人不是靠長相。不過，對方怎麼只有一個人，不是說Ｋ工業的董事長也會一起來嗎？」

「上次是這麼說的，可能臨時有什麼事吧？」

說著，鐵平拉了拉新藤的袖子。「刑警先生，你看老師假裝優雅的表情，我從來沒有在學校看過她露出這種表情。」

新藤也正從菜單後偷看著阿忍的樣子。

「本間先生，這麼說，你上個月之前都在東京的營業所嗎？」

中田問道，本間點了點頭。

「對，因為總公司這裡發生了重大的變化，所以臨時把我調回來了。」

由於一直在東京工作，本間說了一口標準的東京話。阿忍看著他的嘴出了神。

「有什麼重大的變化？」中田問。

「公司打算在國外設立工廠。」

本間回答。「母公司決定，出口的商品幾乎都要在當地生產，所以，由我負責和當地聯絡。」

「所以說，你們公司要進軍海外了，那代表生意很好啊。」

中田笑了起來，但本間滿臉愁容，緩緩搖頭說：

「是因為日圓升值，在不得已的情況下作出的決定。公司決定在當地生產，意味著將減少在國內生產的數量，這麼一來，就必須中止和下游廠商的合作。像我們這種子公司，只要跟著母公司走就好，但對下游的合作廠商來說，就是關係到他們生存的問題。因為已經合作了很多年，所以，這是一個痛苦的決定。」

本間喝了一口咖啡，煩惱地皺著眉頭。

——雖然他是菁英，卻沒有自以為了不起，反而為下游廠商的生計擔心，這個人真的很不錯嘛。

阿忍從剛才就一直喝著水，一句話也沒說，內心卻不由得感到佩服。因為她覺得他們聊的話題很艱澀，自己並不適合加入。她在等他們開始談論比較柔性的話題——比方說，阪神虎隊會不會得到冠軍、喜歡吃魚還是吃肉——但本間似乎不是這種類型的人。

本間和中田繼續談論著艱澀的話題，阿忍只能在一旁不時點頭，這時服務生走到咖啡廳的中央大聲地問：

「請問這裡有沒有一位本間先生？」

本間露出驚訝的表情後，對服務生說：「我就是。」服務生口齒清晰地說：

「有您的電話。」

「喂，那個男人不知道走去哪了。」

鐵平抓著新藤的袖子說。「希望對方說有其他的事，相親的事暫時停止。」

「怎麼可能有這麼好的事發生？」

新藤依然用菜單遮著臉，這時，從他西裝的內側有什麼東西嗶嗶叫了起來。

「你的衣服在叫。」原田抓著新藤的上衣。

「笨蛋，是呼叫器。呿，怎麼偏偏在這個時候叫？」

新藤跑去打公用電話。

「出大事了。」

看著一個男人快速向自己跑來，阿忍瞪大了眼睛。這個身穿白色西裝，乍看之下長得還不錯的男人，其實是很會搞笑的新藤刑警。

「新藤先生，你怎麼會在這裡？」

「老師，出大事了。」新藤上氣不接下氣。

「怎麼回事?如果你想來破壞相親,我可饒不了你。」

聽到中田這麼說,新藤不禁生氣起來。「現在哪有時間相親啊。」

「出事了。」

這時,本間也跑了回來。阿忍和中田轉頭看著他。

「董事長被人殺了。」本間喘著粗氣說。

「什麼?」阿忍和中田驚叫。

「就是這件事,」新藤說:「我就是來告訴妳這件事。」

「請問你是誰?」本間問。

新藤整了整領帶,轉頭看著本間的方向回答:

「我來自我介紹一下,我是大阪府警的新藤,是忍老師的好朋友。」

「喔……」

本間沉默片刻後,自作聰明地得出了結論,「原來是這樣,警方的動作真快。」然後,他又轉頭看著新藤說:「那你後面的小孩子呢?」

「我叫田中鐵平。」

「我叫原田郁夫。」

「哇!」阿忍跳了起來。「你們怎麼會在這裡?」

「說來話長,對吧?」

鐵平轉頭問新藤，新藤假裝沒看到。阿忍瞪著他。

「既然刑警先生也在，那就太好了。」

雖然不知道好在哪裡，但聽到本間這麼說，阿忍還是點點頭。

他繼續說了下去。

「我是開車來的，現在要馬上趕回公司，請刑警先生也和我一起去吧。」

4

K工業總公司的工廠位在豐中市近郊，北側是綠地公園。

董事長元山政夫在工廠內遭人殺害。今天是假日，組裝機器的工廠內沒有人來上班。

「兇器是扳手，掉在屍體旁。死者被人從後方重擊，形成致命傷。」

轄區警署的年輕刑警告訴隨後趕到的漆崎。

「指紋呢？」漆崎問。

「兇器上的指紋擦掉了，其他地方的指紋應該是員工留下的。」

「有沒有找到擦拭兇器的布？」

「不，現場附近沒有找到。」

「原來是這樣。」漆崎點點頭。「是誰發現了屍體？」

「警衛大叔發現的。雖然警衛一整天都在警衛室後面的房間看電視，但傍晚的時候會巡邏，就是在巡邏的時候發現的。」

「一整天都在房間……所以，即使有人任意進出公司，他也完全不會發現囉？」

「應該吧。」那名刑警回答。

漆崎走出工廠，雨越下越大了。他用手遮著腦袋跑向辦公大樓時，一輛車駛了進來。

車子在辦公樓前停了下來，新藤快步衝了下來。

「喔，沒想到你動作這麼快，我正要……」

漆崎說到一半停了下來，因為他看到阿忍跟著新藤下了車，還有兩個搗蛋鬼也一臉理所當然地走了下來。

「對不起，說來話長。」

新藤抓著頭，向漆崎說明了來龍去脈。漆崎露出不耐煩和苦笑的表情看著阿忍。

「妳真的很容易捲入刑案，是體質的關係嗎？」

阿忍噘著嘴說：「因為警察無能，才會有這麼多刑案。」

阿忍他們在其他房間等候時，漆崎和新藤在辦公室角落的沙發上，開始了偵辦工作。他們首先向發現屍體的警衛瞭解情況，警衛個子瘦小，看起來很難發揮警衛的作用。

警衛大叔只清楚地記得元山董事長進公司的正確時間。因為元山來拿辦公室和工廠的鑰匙，所以登記簿上記錄了時間。根據登記簿上的紀錄，元山在兩點整準時來到公司。

但是，警衛並不知道元山之後的行動和是否有其他人進入公司。因為他在警衛室裡面的房間看電視，如果有事要找他，可以按窗口旁的電鈴，但那天下午沒有人按鈴。

警衛大叔之後，漆崎和新藤又向本間瞭解了情況。目前，他是在元山董事長生前最後見到他的人。

「我和董事長約好三點在辦公室見面。」

本間看著半空說道。

「因為我們四點要去大阪的飯店，但我等到三點多，董事長仍然沒有來，我想他可能在工廠，走去一看，果然在那裡。」

「當時他還活著嗎？」新藤問。

「當然還活著。」本間回答。「董事長說，既然假日來公司，就順便視察一下工廠內的情況。他叫我先去相親的地方，他晚一點就到。」

「是你提議你們三點約在辦公室見面嗎？」

漆崎問，本間搖了搖頭。

「是董事長約的，應該是他原本就計畫要視察工廠。」

「他有沒有說，在那之前要和誰見面呢？」

「不，至少他沒有告訴我。」

「瞭解。」

漆崎又問了本間知不知道可能是誰殺了元山董事長。本間立刻搖頭，語氣堅決地回答：「不，我完全不知道。」

「好的——對了，你喜歡竹內老師嗎？」

「什麼？」

「你不是和老師相親嗎？你對她的印象怎麼樣？」

「我覺得……她很活潑。」

「哈哈哈，」漆崎笑了起來。「如果只是活潑就好了。」

「……嗯？」

「不，我問了無聊的問題，沒事了。」

本間訝異地走出了辦公室。

「這個男人很不錯嘛。」

本間離開後，漆崎戳了戳新藤的腰說道。「這麼好的男人，老師可能會被搶走喔。」

新藤聽了忍不住臉色大變。這時，一名制服警官走了進來，通知他們元山武夫到了。武夫是元山董事長的兒子，也是這家公司的專務董事。

不一會兒，武夫就走了進來。他粗暴地推開門，大步走了進來，在刑警面前一屁股坐在沙發上。身材削瘦的他穿了一套做工考究的西裝，頭髮整齊地向後梳。他年紀大約三十出頭，但態度很傲慢。

「請問是元山武夫先生嗎？」

漆崎詢問，然而武夫沒有回答他的問題，大聲地反問：「找到兇手了嗎？」

「不，我們正在積極偵辦。」

漆崎說完，將視線移向站在武夫身旁的男人。這個四十多歲的肥胖男子跟在武夫身後走了進來，站的時候駝著背。

「你是？」漆崎問。

胖男人用手帕擦著額頭說：

「我是工廠的廠長田邊。」

「他是我的參謀。」武夫在一旁插嘴，「現在情況到底怎麼樣？有沒有發現可疑對象？」

「不，還需要各位協助……」

「你們有沒有調查過本間？」

武夫無視漆崎的話問道。「他不是最後一個見到我爸的人嗎？所以，他的嫌疑最大。」

「是喔，」漆崎看著他的眼睛。「本間先生有殺元山董事長的理由嗎？」

「要找理由還不簡單。」武夫蹺起二郎腿哼了一聲。「他想霸占這家公司，殺了我爸可能是他的第一步而已。」

「霸占……你有什麼根據嗎？」

「只要看他做事的手法就知道了。他特意博取我爸的賞識，看那個樣子，就知道他想把公司占為己有，我看得很清楚。」

漆崎和新藤互看了一眼，然後又將視線移回武夫身上。

「除了本間先生以外，還有誰想要殺元山董事長？」

「沒有。」

武夫回答得很乾脆，但田邊彎下腰，在他耳邊嘀咕了什麼。年輕的專務用力點頭說：

「對了，我忘了那些傢伙，他們搞不好也很痛恨我爸。」
「哪些傢伙？」
「就是那些下游廠商。」
武夫一臉無趣地說，「因為日圓升值，經濟不景氣，我們和很多下游廠商終止了合作關係，都是一些家庭工廠，搞不好是那些人心生不滿殺了我爸。」
「你有名單嗎？」
「當然有，但你們不必去找他們，他們就住在這附近。」
然後，武夫轉頭看著田邊說：「你等一下打電話給那些廠商，叫他們來這裡一趟。」
田邊微微點頭。
「還有——」
漆崎輪流看著他們兩個人的臉說：「可不可以請教一下兩位今天一整天的行程？」
武夫的臉好像抽筋般扭曲著。「不在場證明嗎？真有意思。」他用低沉的聲音說：「你的意思是說，我這個親生兒子會殺我爸？」
「不，這只是例行公事，請不要介意。」
漆崎欠了欠身，武夫把頭轉到一旁。

「中午之前，我都在女人家裡，然後去南町逛了一下……我們是幾點開始打麻將的？」

「三點開始的。」

田邊接著說：「三點的時候，我們在南町的一家麻將館『胡了』一起打麻將，在那裡接到了董事長被人殺害的消息。我在去麻將館之前都在家裡。」

「麻將館喔。」

漆崎重新打量完眼前的兩個人，收起了記事本。「給兩位添麻煩了，我們一定會抓住兇手，請兩位再耐心等一下。」

「那就拜託了。」

武夫和進門時一樣，雙手插在口袋裡，大搖大擺走了出去。田邊則走去離漆崎他們不遠處的辦公桌前打電話。

5

「……所以，董事長是在三點以後被人殺害的。」

漆崎他們在辦公室內向相關人員瞭解案情時，阿忍在另一個房間內，從本間口中得知了大致的情況。中田主任送田中鐵平和原田回了家，周圍好不容易安靜下來。她根本不知道那三個人為什麼也一起跟過來，當然，其實阿忍也沒必要來這裡……

「正確地說，我是三點十分左右見到董事長，警衛是在五點左右發現董事長的屍體，代表董事長是在這段時間內被殺的。」

本間用平靜的語氣說道。

「但為什麼董事長偏偏選在今天視察工廠？還不顧相親會遲到……通常不是會以相親為優先嗎？」

由於自己是「相親」的主角之一，阿忍說話時忍不住紅了臉。

「這我就不知道了……董事長這個人想到什麼就會馬上做，我想應該是這個原因。」

本間可能以為阿忍在指責他，說話時有點吞吞吐吐。

「即使是這樣……」

阿忍內心有點不是滋味。聽中田主任說，元山董事長對相親的事很積極，但現在看來，顯然他並不重視這件事。

他們正在聊命案的事，突然有人敲門，一個身穿灰色工作服的矮小男人走了進來。他花白的頭髮稀疏，戴了一副度數很深的眼鏡，外表有一種寒酸的感覺。

「戶村先生。」

本間對矮個子男人叫了一聲，「你怎麼來了？」

名叫戶村的男人一看到本間，似乎如釋重負，臉上露出了笑容。當他的目光移向阿忍時，不知所措地眨了眨眼。

「喔，這位是竹內忍小姐，是我今天相親的對象。」

本間介紹之後，阿忍向矮小男人微微點頭，戶村也向她鞠了一躬。

「妳好，我叫戶村，本間先生很照顧我。」

「這位是我們下游廠商的老闆。」

本間向阿忍說明，「主要承包一些車床——但是，你為什麼會來這裡？」

戶村回答說，是田邊廠長叫他來的。聽他說，其他下游廠商也被找來了，刑警正在向其中一人瞭解情況。

「為什麼連下游廠商的人都要找來這裡？」阿忍問。

「可能警方認為我們中間有人對元山董事長心懷恨意吧。」

戶村回答。「因為最近幾乎都接不到工作。」

「如果刑警問你，你會怎麼回答？」

「問我？問我什麼？」

「比方說，不在場證明，或是知不知道是誰幹的。」

「我不知道是誰幹的，」戶村抱著雙臂回答說：「如果要問我不在場證明也很傷腦筋，我平時並不會整天看手錶。」

「只要有三點到五點的不在場證明就好了。」

阿忍在旁邊插嘴說，「因為董事長是在這段時間被人殺害的。」

「喔，是嗎？那個時候我在理髮店，我是三點的時候去的。」

戶村摸了摸稀疏的頭髮，看不出他剛理過髮，但鬍子和鬢角修得很乾淨。

「去理髮之前呢？」

本間問。家庭工廠的老闆微微偏著頭。

「我去打小鋼珠了，但今天沒有遇到任何人，如果要我證明，恐怕會很傷腦筋。」

「只要有三點之後的不在場證明就好了喔。」

阿忍語氣開朗地說。

不一會兒，穿著制服的警官走進來叫戶村。「那我先去一下。」矮個子老闆向阿忍他們鞠躬告辭。

在刑警向相關人員瞭解案情告一段落後，阿忍坐著本間的車子離開了Ｋ工業。本間提出要送她回家。

「董事長是不是約好和別人見面？」

阿忍看著雨刷刷著擋風玻璃上的雨水說，「仔細想一想，就發現董事長和你約在公司見面不太合理，通常不是會約在車站或是其他的地方見面嗎？」

「我也覺得有點奇怪。」

本間靈巧地操控著方向盤。「董事長說，他有事要去公司，但可能就是約了和別人見面。」

「如果董事長和別人約了見面，那個人是兇手的話……」

阿忍把食指放在嘴唇上思考起來。

「所以，他應該和那個人約在三點之後見面。所以……董事長一開始就知道不會準時去相親的地方。」

阿忍心裡又覺得有點不太高興，本間可能察覺到她的心情，立刻說：

「不一定約在三點之後，搞不好董事長打算準時去相親的飯店，但可能對方遲到了。」

「董事長不是兩點整到公司的嗎？提前一個小時來公司等對方，似乎有點不合理。」

「但如果約了兩點見面，對方遲到一個多小時也不合理。所以，這麼看來，可能並沒有和別人約了要見面。」

「這麼說，純粹只是因為董事長覺得視察工廠比相親重要嗎？真讓人失望。」

阿忍說著，嘆了一口氣。雖然她對這次相親並沒有很積極，但得知董事長的消極態度，心裡還是有點不是滋味。

「董事長並沒有不把相親當一回事。」

本間好像在為董事長辯解。

「他凡事都會以工作為優先。今天我離開之前他還對我說，雖然今天下雨，但所謂雨後的土地更堅實，他也很期待和妳見面。」

「雨後……嗎？這句話在婚禮上常聽到。只要一下雨，必定會有某位來賓會說這句話。」

本間輕輕笑了起來。

「雖然發生了這種事，但我很慶幸有機會認識妳，很希望改天有機會重新相親一次。」

「虧你說得出口，現在根本不是考慮這種事的時候。」

阿忍忍不住嗆他。

6

千里新城是舉辦大阪萬國博覽會後——雖然已經是很久之前的事了——開始

急速發展的城市。走出地鐵千里中央車站，可以看到好幾棟高樓公寓。

K工業會計部的大原百合子所住的公寓也在其中。

——盜用公款……嗎？

漆崎回想起今天早上，在豐中警署內，和組長村井警部的對話。

警部的禿頭前後搖晃著。

——是負責調查公司經營情況的人回來報告的，聽說這一年內，短少了將近一千萬。

——是誰幹的？

——不知道，但大致可以猜到，應該是會計部的女職員。

——是喔。

——據鑑識組的人說，從屍體骨骼碎裂的情況研判，兇手不可能是女人，但那個女職員還是很可疑，你去調查一下。

——好。

於是，漆崎就和新藤一起來找百合子。

按了門鈴後，門內立刻傳來動靜。漆崎拿出警察證，放在貓眼前方。一陣粗暴的開鎖聲音後，門打開了。

「我們是大阪府警的刑警，請問妳知道貴公司的董事長身亡的消息嗎？」

對方還沒有開口，漆崎就先發制人地問。

「我看到新聞了。」

百合子個子矮小，感覺很強悍。這個女人像狐狸，新藤站在一旁想道。

「關於這件事，有幾個問題想請教妳。」

「我和這件事沒關係。」

她想要關門，漆崎立刻把腳一伸，阻止她關門。

「關於帳冊的事，也想要請教妳，聽說有帳目不符的問題。」

漆崎語氣平靜地說，百合子用像狐狸般的眼神瞪了他們一眼，但很快就不再抵抗，關門的手也放鬆力氣。

漆崎他們和百合子面對面坐在可以看到萬博公園的客廳。

「妳抽的菸很特別。」

新藤拿起桌上的菸盒說。

「Player……是這樣發音嗎？是進口菸吧？」

百合子一臉不悅地看著他拿起菸盒嗅聞，對漆崎說：

「我承認我做假帳，但並不是我盜用的。」

「那是誰盜用？」

「是專務，董事長的兒子。」

「是喔。」
「專務說，只要我篡改帳冊，拿到現金，就分我百分之五。」
「百分之五？真小氣啊。」
「專務說，他父親公司的錢就是他的錢，他並沒有做壞事，所以付我百分之五的手續費就夠了。」
「元山董事長知道這件事嗎？」
「應該知道，至今為止從來沒有曝光，應該是董事長壓下來了。」
「這根本是典型的敗家子。」新藤在一旁插嘴說。
回到豐中署後，漆崎向村井警部報告了去大原百合子那裡的情況。
「……而且，百合子有不在場證明。昨天她去了附近的有氧舞蹈教室，也有人可以證明。」
「辛苦了。」
「問題在於武夫。」
漆崎揉著自己的肩膀說：「元山董事長很可能為了這件事向武夫興師問罪，結果，父子兩人就起了爭執……」
「即使發生爭執，他也不至於用扳手敲父親的頭。雖然不是沒有可能，但武夫有不在場證明。」

「三點之後，他在南町的麻將館。根據本間的證詞，三點多的時候，董事長還活著。」

「也可能有共犯。」

新藤突然在一旁插嘴，他走到漆崎身旁。「可能武夫在三點以前殺了董事長，但他拜託本間作偽證。」

「也有這種可能。」

警部委婉地表達了自己的意見。「但目前還不知道武夫和本間之間的利害關係，應該要有充分的理由才會作偽證。」

「那就是本間單獨犯案，在殺人之後，若無其事地跑去相親……」

「喂，阿漆。」村井警部叫著漆崎的綽號。

「有！」

「他幹嘛這麼激動？」

「對不起，」漆崎鞠了一躬回答，「因為牽涉到私人問題，所以他特別激動──新藤，你別說了，去旁邊啦。」

漆崎把滿口抱怨的新藤推到一旁，轉頭看著村井警部。

「至於其他的可疑對象，就是家庭工廠的老闆，他叫戶村，聽說在所有的下游合作廠商中，他第一個被 K 工業終止合作關係，曾經多次到公司抗議。」

「喔，但他也有不在場證明啊。」
「他說去了理髮店。」
「對啊，我找人去確認過了，沒有問題。」
警部說完，揉了揉臉，這時旁邊的電話響了。一名年輕的刑警接起電話，轉頭看著漆崎他們的方向。
「找到了擦兇器的那塊布。」

7

「但是，妳還真好奇。」
本間調整收音機的音量時說，「這次的命案和妳沒有關係，妳根本不必理會啊。」
「對不起，為這種無聊事拜託你。」
阿忍坐在副駕駛座上聳了聳肩。本間昨天說，今天也要去工廠瞭解命案的後續發展，阿忍就提出希望同行的要求。
「得知為我安排相親的人被人殺害，當然不能當作沒事發生。」
雖然阿忍嘴上這麼說，但說穿了，就是她天生喜歡湊熱鬧。

「而且，妳也認識那位年輕的刑警。」
本間說。他在說新藤。
「不，我和那種人完全沒有關係。」
而且，她在說「那種人」這幾個字時特別用力。
「但是，他好像不這麼認為，看我的眼神也充滿了敵意。」
「他只要遇到比自己優秀的人都會產生敵意，因為他還是基層刑警。」
啊哈哈。本間笑了起來，這時，車子剛好到了公司。但是，車子剛駛進大門，就有兩、三個男人圍了上來。除了一名制服警官以外，還有兩個穿西裝的。其中之一，就是他們剛才在談論的新藤。
「你是本間先生嗎？可不可以跟我們走一趟？」
另一名刑警在車窗外問道。新藤把臉貼著阿忍這一側的車窗。
「老師，妳怎麼會坐在這個傢伙的車上？請妳趕快下來。」
「這是怎麼回事？」本間問。
那名刑警說：「我們找到了擦拭兇器的那塊布，而且是在你的抽屜裡找到的。」
「不會吧？」問這句話的是阿忍。
「這是真的。」新藤說：「老師，正因為人心深不可測，所以千萬不能和陌生的男人相親，婚姻大事還是要慎重……」

「可不可以請你跟我們去警署一趟？」

刑警又問。本間用力點頭。

「既然這樣，那我只能跟你們走了，但請讓我把車子停好，而且車上還有乘客。」

「好。」

本間移動車子，在工廠旁停了下來。當他解開安全帶時，從長褲口袋裡拿出一樣東西遞給阿忍。

「可不可以麻煩妳幫我轉交給戶村先生？就是昨天那個家庭工廠的老闆。」

那是一個記事本大小的名片夾。

「為什麼要拿這個給他？」

「妳只要交給他就好，我現在沒時間向妳解釋。」

說完，本間就打開車門下了車，走向了刑警。新藤跑了過來。

「老師，妳有沒有受傷？」

「我怎麼會受傷？」

阿忍在回答的同時下了車。「你們懷疑本間，根本搞錯了方向，他根本沒有殺董事長的動機。」

她邁開大步走了起來，新藤慌忙跟在她的身後。

「但是，目前已經找到了擦拭兇器的布……」

「這是兇手設下的陷阱，你連這種事都搞不清楚，還當什麼刑警！」

「妳說得對。」

站在前方說這句話的是漆崎，他看著阿忍和新藤，露出賊賊的笑容。「因為遇到了情敵，他有點情緒化，妳就原諒他吧。」

「漆哥……請你不要亂說話。」

新藤嘟著嘴，不停地瞄著阿忍，但她完全沒有看新藤一眼，走到漆崎面前。

「漆崎先生，你也覺得是陷阱吧？」

「十之八九是兇手設下的陷阱，雖然是負責監視的警官在本間的抽屜裡發現了這塊布，但簡直就像是事先安排好的。因為抽屜剛好打開了一半，那塊布就這樣露了出來，好像在等人去發現。十之八九是兇手在昨天把那塊布放進了本間先生的抽屜。」

「但是，昨天晚上不是都有人監視現場嗎？沒有人可以靠近辦公室。」

新藤說。

「不一定是昨天晚上偷溜進辦公室放的，如果想要嫁禍給本間，只要在殺了董事長之後，立刻把擦了扳手的布放進他抽屜就好了。」

「但如果兇手的目的是想要嫁禍給本間先生，手法好像太粗糙了。」阿忍說，「如果是我，會想出更好的方式，比方說，把本間先生的東西丟在現場……」

「言之有理，」漆崎也點頭表示同意。「誰都會這麼想，至少讓布從抽屜裡露出來的手法太明顯了……兇手可能不是在殺人之後立刻把布放進本間的抽屜，而是在屍體被人發現，卻又無法靠近命案現場後，才用了這招。若果真如此，兇手是什麼時候把布放進抽屜的？」

「晚上的話不可能，因為有人監視。」

新藤又重複了剛才的話。

「會不會是那個時候？」阿忍問，「就是你們在辦公室角落向相關人員瞭解案情的時候，那時候，不是有機會可以靠近本間先生的辦公桌嗎？」

「有道理，原來是那個時候……」

漆崎垂下眼睛，但立刻抬起頭。「是他！」

「是誰？」新藤問。

「田邊。他說要打電話給下游廠商，不是走去辦公桌那裡嗎？」

「對喔。」

新藤張大嘴巴點著頭，隨即露出嚴肅的表情說：「但是，他沒有動機啊，而且也有不在場證明。」

「不在場證明……喔，怎麼每個人都有不在場證明，昨天明明天氣不好，怎麼大家都出門了？」

「因為三點多才下雨，如果一大早就下雨，大家可能就不會出門了。」

阿忍想起昨天出門時沒有下雨，但在相親之前，天空才開始下雨。

——那一定是不好的預兆，發生了殺人事件，真的給相親潑了冷水。哼，什麼「雨後的土地更堅實」……

「啊！」

「怎、怎麼了？」

阿忍突然大叫一聲，新藤嚇了一大跳。

「董事長是在工廠內被人殺害的吧？」

「對、對啊。」

「哪一棟房子？」

「那……」

新藤伸手一指時，阿忍已經衝了出去。「啊，老師，發生什麼事了？」

「去看看。」

漆崎跟著跑了過去，新藤也跟在後面。

命案現場是工廠內的主要通道，兩旁都放了各式各樣的機器，地上用粉筆畫了人的形狀，周圍拉起了封鎖線。

阿忍穿過封鎖線，站在人形圖旁邊。

「果然不出我的所料。」

阿忍環視著工廠內嘀咕道。

「到底發生了什麼事？」

跟著跑過來的漆崎問道，新藤也趕到了。

阿忍輪流看著他們兩個人後說：「董事長是在三點以前被人殺害的。」

「但是，本間說他三點多在這裡和董事長見了面。」

聽了漆崎的話，阿忍對他搖了搖頭。

「他在說謊，本間先生來這裡的時候，董事長已經死了。」

「為什麼？」新藤問。

阿忍把昨天本間送她回家時說的話告訴了新藤他們，就是元山董事長說「雨後的土地更堅實」的那件事。

「那又怎麼了？」

漆崎還是無法理解。於是，阿忍告訴他：

「本間先生說，他三點多和董事長見面，但董事長更早之前就進了工廠，不是嗎？我想，他應該不知道外面在下雨。」

啊！漆崎張大了嘴。

「如果在工廠內，根本聽不到外面下小雨的聲音，這裡只有天花板上有窗戶，根本不可能知道外面的天氣，也就是說，董事長不知道外面在下雨。所以，如果本間先生是在董事長生前和他見面，沒有理由跟我提起『雨後的土地更堅實』這句話。」

「所以，本間在說謊……但是，他為什麼要說謊？」

「他會不會是田邊的同夥？為了製造不在場證明而說謊？」新藤問。

「不，若真如此，就和田邊把那塊布放進本間抽屜這件事相互矛盾。」

「那倒是……」

新藤沉默不語時，阿忍「啊！」地叫了一聲。

「又怎麼了？」漆崎問。

「我知道本間先生為什麼說謊了。」

說完，她又跑了起來。

「啊，怎麼又跑了？這個人還真愛跑來跑去，喂，新藤，如果你娶這種女人，一年到頭都要跑馬拉松。」

「才不是呢！沒有像她那樣的體力，恐怕無法勝任刑警的妻子。」

他們一邊說著，一邊追了上去。

來到大門口時，兩個人才追上阿忍。正確地說，是阿忍停下來等他們。

「戶村先生的家在哪裡？」

阿忍問。她一路跑來這裡，卻不知道該怎麼走。

「戶村？戶村加工店嗎？好，我們一起去。喂，新藤！」

「有。」

「抓好老師的手，小心不要讓她又跑走了。」

「我可沒有逃走，是突然有了靈感，情不自禁地跑了起來。」

「這根本就和鴕鳥沒什麼兩樣嘛。我不敢違抗前輩的命令，恕我失禮了——哇，沒想到妳的手很大，打人應該很痛吧？」

「哼。」阿忍被新藤拉著手，一起走去戶村家。

戶村坐在店裡看報紙，一看到漆崎他們，嚇得趕快站了起來。

「我有東西要交給你。」

阿忍從皮包裡拿出名片夾遞給戶村。

「老師，這是？」漆崎問。

「這是本間先生放在我這裡，要我轉交給戶村先生的——戶村先生，這是你的名片夾，對嗎？」

戶村接過名片夾，立刻點頭。
「沒錯，這是我的名片夾。是在哪裡找到的？」
「戶村先生——」
阿忍直視著家庭工廠老闆的眼睛說：「是不是你殺了董事長？」
老闆嚇得瞪大了眼睛，然後，慌忙搖著頭。
「怎麼可能？再怎麼恨他，也不可能做那種事。」
「老師，這是怎麼一回事？」
漆崎問，但阿忍沒有回答，仍然注視著戶村。
「真的嗎？你真的沒有殺人嗎？」
「真的。」老闆回答。
「但是，本間先生認為是你殺的。」
「什麼？」
「老師！」
漆崎比剛才更大聲地叫著，阿忍才終於轉頭看他。
「據我的推測，本間先生到工廠時，董事長已經死了，戶村先生的名片夾就掉在旁邊，所以本間先生以為是戶村先生殺的。」
「我沒有殺人。」

戶村向刑警和阿忍露出求助的眼神。「我昨天去打小鋼珠，然後去理髮，請你們相信我。」

「這麼說，」漆崎想了一下後說：「本間是為了袒護戶村先生而說謊，謊稱董事長三點多的時候還活著……」

「不是袒護，而是避免戶村先生遭到逮捕。」

「不是同樣的意思嗎？」

新藤反駁道，阿忍搖了搖頭說：

「我猜本間先生希望戶村先生自首，只要是自首，罪責就會減輕……所以，他擔心戶村先生在自首前遭到逮捕，才會說那樣的謊話。」

「所以，本間以為是戶村把那塊布放進他的抽屜嗎？」

新藤看著漆崎和阿忍的臉問道。

「很有可能。」

阿忍回答。「但他相信，那只是戶村先生一時糊塗，所以才會請我把名片夾交還給戶村先生。他覺得一旦戶村先生得知事情已經曝光，就會死心並向警方自首。我相信他會等到最後一刻，如果戶村先生還沒有自首，他就會把名片夾的事告訴警方。」

「還真是一個爛好人呢。」

漆崎摸著下巴，驚訝地說：「其實他根本是在狀況外，我猜應該是兇手把名片夾丟在現場，偽裝成是戶村先生幹的。」

「兇手一定慌了手腳，」新藤說：「因為警方並沒有在現場發現名片夾，本間又說了謊，於是兇手只好改變作戰計畫，將計就計，乾脆把罪行嫁禍到本間身上。」

「不，我並不認為是兇手改變了作戰計畫。」

阿忍自信滿滿地說，新藤訝異地看著她。

「妳的意思是？」

「兇手一定認為，把布放在本間先生的抽屜後，本間先生會覺得遭到戶村先生的背叛，一氣之下說出真相。沒想到本間先生仍然期待戶村先生會去自首。」

「這只能說明一件事，就是本間先生是超乎兇手想像的爛好人。」

聽到漆崎嘆著氣這麼說，戶村深有感慨地告訴他們：

「真是太謝謝他了。他向來很重視我們下游廠商，但沒想到這麼為我著想……刑警先生，請安排我和本間先生見面，我要親口告訴他，我不是兇手。」

「這件事當然很重要，但在此之前，還有一件事要請教你。你記得這個名片夾是在哪裡掉的嗎？」

漆崎問。戶村偏著頭思考。

「我想應該是這個星期掉的……平時我都放在皮包裡，但後來發現不見了……」

「這個星期內，你和誰見過面？」

「和很多人見過面。」戶村回答。

我想也是。站在一旁的阿忍暗自想道。

「有沒有和元山專務見過面？」

新藤問。但戶村搖了搖頭。

「他不太願意見我們。」

「那田邊廠長呢？」

「兩個星期前和他見過面，之後就沒有見過。」

「這個星期內，你有見過Ｋ工業的哪個人？」

從新藤的語氣中可以感受到他的焦急。

「你問我見過誰，我也很難回答，我整天都去Ｋ工業的辦公室，會和辦公室裡的人聊幾句。」

「這就很難判斷了。」新藤用力抓著頭。

「不，等一下。」

用腳踢著地面的漆崎突然想到了什麼，他抬起頭問：「你去K工業的辦公室，有沒有去談過錢的事？」

「當然有。」戶村點點頭。

「所以，你去過會計部門？」

「當然去過。」

他的話音剛落，新藤就叫了起來：「原來是那個女人！是大原百合子！」

漆崎頻頻點頭，然後開口說：

「看來，命案的真相已經浮上檯面了。」

8

田邊家位在豐中市和吹田市之間附近一個整潔的住宅區。

大門很氣派，停車場內停著進口車。

漆崎和新藤跟著一個看起來像他妻子的女人走進客廳等待，田邊出現時滿臉不悅。

「情況發生了變化。」

漆崎陪著笑臉開了口。

「董事長遭人殺害的時間不是三點以後，而是兩點到三點之間。所以，要向相關人員重新確認一下這段時間的不在場證明。」

田邊的眼睛一亮。

「到底發生了什麼變化？本間不是說，三點多的時候見到了董事長嗎？」

「他在說謊。」漆崎說。

「說謊？」

「對，雖然他還沒有交代為什麼說謊，只知道他確實在說謊，似乎想要袒護兇手。」

新藤觀察著田邊的表情。田邊既像是不知所措，又像是慌了手腳。

「本間只隱瞞了這件事嗎？」田邊問。

「只隱瞞了……這件事？」

「我的意思是……他有沒有隱瞞其他的事。比方說，有沒有在現場發現什麼，或是撿到什麼東西……」

漆崎和新藤互看了一眼，再度看著田邊。

「並沒有，還是說，你知道他隱瞞了什麼嗎？」

「不，沒什麼……」

田邊輕咳了一下。「你們想問我什麼？」

「我剛才說了，你的不在場證明。」

漆崎面不改色地說，「我們想知道你兩點到三點之間在哪裡。」

「我昨天也說了，去麻將館之前，我都在家裡。兩點到三點之間，我應該在開車。」

「原來是這樣。」

漆崎用鉛筆敲著記事本，然後問他：「你是幾點開車離開家裡的？」

「兩點不到……吧。」

「這麼早就出門？」

「我擔心會塞車，向來都會提前出門。」

「瞭解。可不可以看一下你的車子？」

「車子？」

「只是作為參考。」

田邊很不甘願地帶他們到了車庫，那裡停了一輛黑色的ＢＭＷ。「不好意思，我看一下。」漆崎打了一聲招呼後，坐進了副駕駛座。

「刑警先生，你到底有什麼目的？」

田邊擔心地問，漆崎在車內抬頭看著他說：

「你的車子很不錯，而且好像是新買的。聽說Ｋ工業最近不太賺錢，廠長，你賺了不少嘛！」

「你、你胡說什麼……？」田邊還沒有說完，漆崎就下了車。

「找到我要找的東西了，田邊先生，這個你應該很熟悉吧？」

他把菸蒂遞到他面前。

「這是名叫 Player 的進口菸，我記得大原百合子就是抽這種菸。請你好好解釋一下，為什麼你車上的菸灰缸裡會有這個菸蒂。」

9

元山董事長的葬禮在命案發生的三天後舉行，阿忍、本間、戶村，以及漆崎和新藤兩名刑警在葬禮上重逢了。

「這一年來，田邊和大原百合子盜用了六百萬的公款，元山武夫只盜用了四百萬，沒想到搭便車的傢伙盜用的金額反而比較高。」

漆崎向他們說明了命案的來龍去脈。武夫堂而皇之地盜用公司的公款，田邊和百合子利用元山董事長不追究此事，趁機搭便車，一起盜用公司的錢。

「元山董事長察覺到除了兒子以外，還有其他人盜用公款，所以，他們就計畫殺人。為了嫁禍給其他人，由百合子事先偷走了戶村先生的名片夾。」

「但是，你怎麼知道大原百合子是田邊的情婦？」
阿忍語帶佩服地問漆崎。
「我並沒有十足的把握，只是覺得以百合子的收入，沒有理由住那麼高級的公寓。不瞞妳說，只是亂猜的。」
「可別忘了我的功勞。」
新藤努著鼻子說，「是我在百合子家裡偷了香菸，結果派上了用場。」
漆崎在田邊面前出示的那個菸蒂，其實是新藤偷來後，漆崎在去見田邊之前自己抽的。
「坦白說，那根本是賭注。如果田邊裝糊塗，我們就沒轍了，幸好他是個膽小鬼。話說回來，老師，妳才是這起命案的主角啊。以妳的直覺，完全可以當刑警。只不過妳每次都跑來跑去還挺累人的。」
聽到漆崎提起這件事，阿忍有點不好意思。
「真的多虧了忍老師。」
本間一臉佩服地說，戶村也在一旁點頭。「我的誤會把事情搞得更複雜了，幸好老師把事情釐清了。」
「沒有沒有，別這麼誇獎我。」
「這不是奉承，而是由衷的感謝。我想過了，我要全心投入K工業的重建工作，正需要像妳這麼有活力和智慧的人在一旁輔佐。怎麼樣？妳願不願意和我交往？」

「啊？」

阿忍雖然滿臉訝異，但心裡不禁有點得意。透過這起命案，她充分瞭解了本間的為人。

「不，這不太好吧。」

新藤插了進來，「本間先生，你現在沒時間考慮交女朋友這種事，首先要讓這家公司重新站起來。」

「正因為這樣，我更需要她啊。況且，這件事和你沒有關係。」

「什麼叫和我沒有關係，我比你更早認識老師。」

「那只是你一廂情願而已。」

「你說什麼？你才是半路殺出的程咬金。」

「主導權在我手上，因為我們已經相過親了。」

「相親根本無效，董事長已經死了。」

「這和我們的事沒有關係。」

兩個人爭得面紅耳赤，來參加葬禮的人都圍了過來，不知道發生了什麼事。

阿忍和漆崎趕緊撥開人群逃走。

「命案之後的發展越來越有意思了。」漆崎說。

阿忍笑著聳了聳肩。

「隨他們去好了，男人真的和小學生差不多。」

新藤和本間仍然吵得沒完沒了。

忍老師的聖誕節

1

屍體的雙腿伸直，靠在浴室的牆壁坐在地上。身上穿著白色毛衣和牛仔褲，全身好像被大雨淋過般濕透了。臉上完全沒有血色，長髮黏在脖子上，無力伸出的左手指尖上貼著的ＯＫ繃也濕了。

「所以說，」

漆崎問發現屍體的高野千賀子。

「妳們約好今天要舉行聖誕派對，妳來找藤川小姐時，發現她已經死了——是這樣嗎？」

千賀子用手帕拭著眼淚，連續點了好幾次頭。

命案現場的隔壁房間剛好沒有人居住，於是警方就在那裡問案。一名後輩刑警在漆崎旁記錄，他平時的搭檔新藤今天沒有和他一起來。

高野千賀子是一個鵝蛋臉美女，二十四歲，在淀屋橋的英語補習班上班。陳屍在家的藤川明子是她的高中同學，今晚是聖誕夜，她們原本今天晚上約好一起參加派對。

「妳是怎麼打開房間門的？」

漆崎問。

「房間的門沒有鎖。我敲了門，沒有人回答。伸手一拉，門就打開了，但房間裡沒有人，只聽到淋浴間有聲音。」

藤川明子住的公寓只有一個三坪大的房間、一個簡單的流理台，還有一個附淋浴、廁所的衛浴間。

「我以為她在洗澡，往浴室一看……」

不知道是否想起了當時的衝擊，千賀子流著淚，哽咽起來。

「原來是這樣，」漆崎似乎察覺了她的情緒。「關於派對的事，妳們原本有什麼計畫？」

「我和明子，還有兩個男生約好要一起吃飯。」

「兩個男生是？」

千賀子遲疑了一下，很快就開了口。

「我們的男朋友，松本悟郎和酒井直行。」

「藤川小姐的男朋友是哪一位？」

「酒井，我們原本要在酒井家舉行派對。」

「妳通知他們了嗎？」

「剛才已經通知了，他們說馬上就過來。」

「好，那請妳繼續在這裡等著，謝謝妳。」

漆崎道謝後，又回到了隔壁的命案現場。房間雖小，但布置得很有女人味。房間角落有一張小桌子，上面放著裝了相片的相框，四名男女笑得很開心。明子在最左側，千賀子在她旁邊，兩個男生在右側，應該是兩個女生的男朋友。最右邊的男人很瘦，可能是陽光太刺眼，照片中的他閉著眼睛。

「快過年了，發生這種事真讓人心煩。」村井警部抓著他的禿頭嘀咕道。「很遺憾，果然是他殺。雖然想要偽裝成自殺，但兇手很蠢。」

「找到兇器了嗎？」

「沒有，到處都找遍了，就是沒看到。」

「那真傷腦筋。」

藤川明子的死因是右手腕割傷引起大量出血，千賀子發現屍體後，通知友人說明子自殺了，但現場有太多不自然的要素。

首先，割傷的是右手腕。根據千賀子的證詞，明子習慣使用右手，如果是自殺，應該會割左手腕。

除了主要傷口以外，附近沒有其他割得比較淺的傷口，也證實了他殺的推論。割手腕或頸動脈自殺時，除了致命傷以外，通常還會有幾道較淺的傷痕。

最重要的是，刀子下落不明。找遍了整個房間，都找不到明子割腕的刀子。如果是自殺，刀子當然應該留在屍體旁。

「有沒有看過窗外？」

漆崎指著房間的窗戶問。一出衛浴間就有一個窗戶，發現屍體時，窗戶打開著。如果死者割腕後，把刀子丟出窗外，並非完全不可能。

「當然已經派人去找了，但找不到。而且，死者為什麼要把刀子丟出去？」

「那也對啦。」

「還有另一條奇怪的線索。」

聽到村井的話，漆崎偏著頭納悶。

「奇怪的線索？」

「就是這個。」

村井打開浴室，指著牆壁說。就是剛才明子屍體靠著的位置，有深紅色的血跡黏在上面。

「那些血跡怎麼了？」

「你仔細看，那些是用血寫的字。」

漆崎把臉湊了過去，那些血跡的確是文字。

「Ke-ki……？」

「對。」村井點點頭，「上面寫著 Ke-ki。」

「Ke-ki 是什麼？」

「不知道，你猜是什麼？」

「嗯。」漆崎抱著雙臂，發出了沉吟。

「首先可能是吃的蛋糕[12]，還有不景氣的景氣，或是關進監獄的刑期……但如果是後面兩個，應該會寫成 kei-ki 才對。」

「我也這麼認為。所以說，八成是吃的蛋糕，更何況今天是聖誕夜。」

「是喔，聖誕蛋糕喔……話說回來，既然有力氣寫這些字，為什麼不趕快求救呢？」

「如果是他殺，兇手很可能讓死者吃了安眠藥之類的，死者在意識模糊的狀態下寫了這幾個字。總之，要等驗屍結果出來才能進一步判斷。」

「蛋糕……喔。」

「總之，這是一條很重要的線索。如果是推理小說，就會稱之為去死留言。」

「那叫死前留言吧。」

「都一樣啦。對了，新藤去了哪裡？他今天很早就離開了，聯絡不到他嗎？」

12 蛋糕的日文ケーキ，發音從英文的 cake 而來。

「不，我知道他去了哪裡。我已經留言，他一到那裡，就叫他打電話給我。」

「他該不會去參加聖誕派對了吧。」

村井邊說，邊拔下一根很粗的鼻毛。

2

新藤走在路上，打了一個大噴嚏，連鼻水也流了下來。他立刻用手帕擦掉鼻水，又放回了長褲的口袋。

「今天的天氣又不冷，該不會是感冒了？還是有人在說我壞話。一定是那個裝腔作勢的花花公子在說我壞話。」

新藤想起本間義彥帥氣的臉龐，忍不住咬牙切齒。偏偏本間就和新藤暗戀的竹內忍相了親，從那時候起，他就以一副惟恐天下不知的態度接近阿忍。相親雖然沒有相成，但本間並沒有放棄。

本間正在阿忍擔任教職的大路小學門口等她，今天是結業式，中午之後就放學了。

他打算邀阿忍參加今晚在他家舉行的聖誕派對，還說準備了好酒，可以喝酒配烤火雞。

阿忍原本還有點猶豫，但她對食物完全沒有抵抗力，所以其實有點心動。

「但是，我們剛好在旁邊聽到了，只能說那個大叔太倒楣了。換句話說，刑警先生，你實在太幸運了。」——中午的時候，田中鐵平突然打電話給新藤，在電話中這麼對他說。鐵平是阿忍班上的學生，不時向他透露阿忍的消息。

「我和原田走到老師面前說，我們也想去。老師說，那就一起去，反正人多比較熱鬧。」

新藤邊聽電話，忍不住邊笑了起來。

「本間那傢伙露出怎樣的表情？」

「他說：『是啊，這個主意不錯。』說話時都快哭出來了，但還是硬擠出笑容。」

「哇哈哈哈，活該，誰教他想要偷跑。」

「而且，我還給了他致命一擊。」

「致命一擊？」

「對啊，我對老師說，既然機會難得，找那個警察大叔來更好玩。」

「喔？結果呢？」

他握著電話的手忍不住用了力。

「老師想了一下說：『如果本間先生沒意見，的確找他來比較好玩。』我和原田就一直問他：『你沒意見吧？沒意見吧？』他皺著眉頭，最後只好無可奈何地答應了。」

「太了不起了！」

新藤忍不住大叫起來。「幹得好！謝謝你們，好，那我今天早點處理完工作就過去。」

「我們等你。對了，我想要望遠鏡。」

「…………」

「不用買很貴的那種，只要六倍大的小型望遠鏡就好。我想把話說清楚，你也不用煩惱要買什麼聖誕禮物給我。啊，等一下……嗯，好，我問他……原田說，他想要瑪丹娜的ＣＤ。」

「瑪丹……」

「他說，只要是瑪丹娜的，隨便哪一張ＣＤ都好。我們等你啦。」

鐵平說完就掛了電話。

——千萬別小看現在的小孩。他們說得天花亂墜，討了半天的人情，結果卻另有目的。

新藤一手拿著紙袋，另一手放在大衣口袋裡，走向本間的公寓。紙袋裡當然就是望遠鏡和瑪丹娜的ＣＤ。而且，他在買望遠鏡的店裡還買了一條金項鍊，是準備送給阿忍的禮物。

——問題是本間那個笨蛋不知道會送什麼禮物。那傢伙很精明狡猾，不可能不準備禮物。

他在想這些事時，又打了一個很大的噴嚏。

「好大的噴嚏，你是不是感冒了？」

新藤聽到一個熟悉的聲音，回頭一看，阿忍正對著他笑。

「啊，竹內老師，妳也現在才去嗎？」

新藤看著手錶。原本約定的時間早就過了。

「我已經去過本間家了，剛才又出來一趟。我發現沒有聖誕蛋糕，所以臨時去買了一個。」

阿忍舉起手上的正方形盒子，盒子用白色和粉紅色條紋的包裝紙包了起來，上頭還綁著紅緞帶。

「喔，原來是蛋糕，太好了。」

「我去平時買蛋糕的店，沒想到聖誕節蛋糕都要預訂，幸好有人臨時取消，所以我就買回來了。」

「太幸運了，可見妳平時有積德。」

「我也這麼覺得。」

「……」
他們邊走邊聊，一個高大的男人迎面走來。他穿著聖誕老公公的衣服，拿著玩具店的廣告牌和氣球，把氣球發給路過的小孩。
看到新藤出現在阿忍身後，本間皺了皺眉頭。
「你還真的來了。」
「聽你的口氣，好像我不可以來。應該是我想太多了吧？」
「不是這個意思，只是擔心你工作沒問題嗎？」
「幸好這個世界很祥和。」
「太可惜了。」
「你好像很失望。」
「不，我是為你感到失望。剛才漆崎先生來電，說有命案發生，請你馬上和他聯絡。」
「……」
「是真的喔。」
他們兩個人在鬥嘴時，田中鐵平和原田郁夫從裡面跑了出來。他們正在啃火雞腿。

「有沒有買到望遠鏡？」

鐵平悠然地問，新藤拍了一下他的腦袋。

「好吧，那我等一下和他聯絡，但至少先來乾杯吧。」

「現在喝酒不好吧，」本間說：「馬上就要去工作了呢。」

新藤正想發火時，阿忍開口說：

「那就先來切蛋糕，吃完蛋糕，就有精神去辦案了。」

「贊成！」鐵平說，原田也拍著手。

「竹內老師真善解人意，就這麼辦。」

新藤也拍了一下手，走進屋內。本間也勉強點頭答應了。

阿忍打開盒子，就出現了一個鮮奶油蛋糕，周圍放了一圈草莓，還有聖誕老人和洋房的蠟燭。中央用巧克力寫著「Merry Christmas」。鐵平和原田歡呼起來。

阿忍拿著刀，偏著頭說：

「圓蛋糕很難切成五等分……田中。」

「幹嘛？」鐵平反問時，兩眼仍然看著蛋糕。

「你先回答把圓形分成六等分時，每個扇形的角度是幾度？」

「幹嘛？為什麼現在要算數學？」

「人生隨時隨地都要學習，趕快回答。」

「明天就放寒假了啊，」鐵平噘著嘴。「呃，總共是三百六十度，六等分的話……是六十度。」

「答對了。原田，輪到你了。」

「我跳過。」

「不可以跳過。六等分的話是六十度，那五等分呢？」

「五十度。」

「你這個笨蛋。」

阿忍用左手打了原田的腦袋。「五等分是七十二度，你給我記清楚。但五等分太難了，就六等分吧。」

「多一塊給誰吃？」鐵平問。

「當然是先搶先贏，人生就是弱肉強食的戰場。」

多出來的那塊蛋糕絕對是我的。阿忍充滿自信地開始切蛋糕時，聽到噹的金屬聲。「咦？」阿忍抽出了刀子。

「裡面好像有什麼東西。」

「好奇怪的聲音。」

本間說著，沿著剛才刀子切下去的地方拉開了蛋糕，發現了裡面有像是金屬片的東西。

「啊喲喲，裡面怎麼會有這種東西？」
本間從蛋糕裡拿出一把小刀子。
「我知道了，」鐵平大聲地說：「原來這個蛋糕有附刀子，有些人家裡可能沒有刀子。」
「怎麼可能有這種莫名其妙的蛋糕？給我看一下。」
新藤從本間手上接過刀子。阿忍也走過來看著他手上的刀子。刀身連著塑膠柄，看起來像是水果刀。
「啊！」
阿忍叫了起來，後退著指著刀子說：
「血、血，有血。刀子上面有血。」
「什麼？」
兩個小孩子反而探頭看著新藤手上的刀子。
新藤打量著刀子。刀刃的部分的確沾到了深紅色的東西。
「這……件事好像不單純。」
他輕聲嘀咕時，房間角落的電話響了。所有人都跳了起來。
本間接起電話，然後交給了新藤。
「漆崎先生打來的。」

「喔，謝謝。」

新藤才把電話放到耳邊，就聽到漆崎的聲音。「你在磨蹭什麼？發生命案了，我正在生野警察署，你馬上過來。」

「喔……命案嗎？」

新藤心不在焉地回答。他還沒有完全擺脫從蛋糕裡冒出一把刀子的震撼。

「你在發什麼呆啊，是命案。雖然偽裝成自殺，但找不到行兇的刀子。」

「刀子……是水果刀嗎？」

新藤看著手上的刀子問。

「應該吧，聽鑑識的人說，應該是水果刀……等你來了再慢慢告訴你。」

「呃，漆哥。」

「幹嘛？我很忙。」

「不是，那個……這裡有刀子。」

「我知道你那裡有刀子，那又怎麼樣？」

「就是……切蛋糕時，跑出來一把刀子。」

「蛋糕？切蛋糕當然要刀子，那又怎麼樣？」

「不是，蛋糕裡面有刀子。是真的，雖然聽起來不像是真的。」

「什麼？我不明白，用刀子切蛋糕，結果蛋糕裡有一把刀……」

「冒出來了。」

「……」

漆崎陷入了沉默，新藤也不再說話。不一會兒，聽到漆崎「喂」了一聲。

「你剛才說蛋糕嗎？」

漆崎的聲音很低沉，和剛才完全不一樣，語氣也變得很慎重。

「對啊。」

「……」

又是一陣沉默。新藤把電話壓在耳朵上，下一刻傳來一聲大叫，幾乎快震破了他的鼓膜。

「我知道了，我馬上過去。聽好了，你不要動，也不要動蛋糕和刀子。只要你敢動一根手指頭，我不會饒你。」

3

二十分鐘後，漆崎刑警帶著後輩刑警廣田和鑑識人員趕到了。鑑識人員在刀子、蛋糕盒和包裝紙上採集指紋，漆崎向相關人員——其實都是熟人——瞭解情況。

「竹內老師，有一件事想要先拜託妳。」
漆崎抓著頭說。
「什麼事？」
「下次不要等事情發生之後再通知我，麻煩妳事先打一下招呼，那就幫了大忙了。」
「我怎麼知道什麼時候、會在哪裡發生什麼事。」
「是嗎？我總覺得妳好像知道哪裡會出事，故意找上門似的。」
「哼。」
「好吧，那就開始吧。」
漆崎首先問了阿忍是怎麼買到這個藏了刀子的蛋糕。他的表情很嚴肅，阿忍也認真回答了他的問題。
那是今里車站前的「澎澎」蛋糕店，阿忍從學校回家時，經常順路去那裡買蛋糕回家，所以老闆娘和她很熟。
阿忍得知如果沒有事先預訂就無法買聖誕蛋糕後，就看著櫥窗內，想隨便挑一個蛋糕。這時，老闆娘就接到電話，正好有一位客人取消了預定的蛋糕。照理說，預訂的蛋糕不可以臨時取消，但因為阿忍剛好要買，所以就把那個蛋糕賣給了阿忍。

漆崎指示在他身後的廣田打電話到「澎澎」，詢問是誰取消了預訂的蛋糕。
「老師，妳之後就直接來這裡了嗎？」
「對，半路上遇到了新藤先生。」
「我再囉嗦地問一句，蛋糕有沒有離開過妳的手？」
「沒有。」
「我知道了。」漆崎點了點頭。
「那把刀真的是你在調查的那起命案中所使用的兇器嗎？」
阿忍問漆崎。
「目前還無法斷定。」
漆崎摸著下巴說。他的下巴長出了鬍碴。
「但是，可能性相當大，傷口和刀刃的感覺一致，最重要的是……」
「什麼？」
「不……沒什麼。」
「漆哥，你想說死前留言吧？」
新藤在一旁插嘴，「廣田告訴我，被害人留下了『蛋糕』的死前留言。」
「我說你啊，」漆崎一臉受不了的表情看著新藤，「在你的字典裡，有沒有秘密這兩個字？劈哩啪啦，什麼都說。」

「我說話也會看情況，只是沒必要隱瞞忍老師吧，她平時提供了那麼多協助。」

「對啊，太見外了——新藤先生，死前留言是怎麼回事？」

「嗯，不瞞妳說——」

新藤不顧漆崎在一旁皺著眉頭，告訴她命案現場用鮮血寫下了「蛋糕」兩個字。新藤是從廣田口中得知了這些情況。

「是喔……為什麼死者會寫下這兩個字？」

「如果知道的話，我們就不必那麼辛苦辦案了。」

漆崎說，他的聲音中明顯帶著不悅。

「我在想，」阿忍右手摸著下巴，左手托著右手肘。「那個女人該不會知道兇器藏在蛋糕裡，所以寫下來告訴別人……」

「對啊，一定是這樣。老師真厲害。」

新藤一臉奉承地說，漆崎也嘀咕說：

「這種想法應該很合理。來這裡的路上，我也是這麼想的。既能夠解釋她為什麼寫下這兩個字，還有其他無法解釋的問題。但最令人不解的就是為什麼兇手要把兇器藏在蛋糕裡。」

「當然是為了湮滅證據……」

阿忍說到一半，忍不住吞吐起來，因為她立刻發現了矛盾的地方。

「藏在蛋糕裡根本沒有意義。」

漆崎冷笑著說，「因為早晚會被發現。」

「對喔……看來這個謎團很複雜。」新藤說。

「現在不是佩服兇手的時候，如果不解決這個問題，你就別想過年了。」

漆崎語帶威脅地說完，走向鑑識人員的方向，新藤和阿忍也跟了過去。鑑識人員正在檢查蛋糕，鐵平、原田和本間遠遠地看著。

「刀子上沒有兇手的指紋。」

戴著金框眼鏡的鑑識課人員對漆崎說。

「上面有兩個人的指紋，一個是本間先生的，另一個是新藤刑警的。」

「是喔。」

「我想到了一個很妙的詭計。」

新藤突然開口說道：「兇手忘記擦掉刀子上的指紋，所以假裝是自己發現了刀子，即使留下指紋，也不會引起警方的懷疑——真是好方法。」

「你的推理簡直就是針對我，」本間斜眼瞪著新藤。「只是很可惜，這種情況也適用在你身上。」

「很可惜，我是刑警。」

「用指紋的詭計避開嫌疑，而且兇手是警察，這個詭計更高招吧。」

新藤正想反駁，漆崎清了清嗓子，問鑑識人員：

「包裝紙上有沒有指紋？」

「也有兩種指紋，一個是竹內老師的，另一個不知道。」

「應該是蛋糕店的店員留下的。」

「我剛才在調查是怎麼把刀子塞進蛋糕的，看來是從這裡插進去的，再用手指把鮮奶油重新塗好。」

鑑識課的人指著蛋糕側面說道，漆崎點了點頭，指著蛋糕的角落問：

「這裡凹了一塊，是怎麼回事？」

「那是原田偷吃的。」

鐵平說。原田生氣地瞪著鐵平。

「但是，旁邊的巧克力是鐵平吃掉的。」

「我說你們啊。」

漆崎瞪著他們，「我不是說過，不能碰證據嗎——所以，這裡少了一塊，也是你們偷吃的嗎？」

「這裡是……」鐵平開了口，原田也跟著他一起說：「是忍老師吃的。」

「對不起。」

站在漆崎身後的阿忍低頭道歉。
剛才去打電話給蛋糕店瞭解情況的刑警廣田走了回來。
「已經查出取消預訂蛋糕的是哪一位客人了。」
「是誰？」
「是松本，松本悟郎——高野千賀子的男朋友。」
「怎麼會這樣？」
漆崎嘀咕道。

4

翌日中午過後，阿忍有事去學校，中途經過了前一天買蛋糕的「澎澎」。「澎澎」的老闆娘是一個四十歲左右的胖女人，和阿忍很熟，一看到阿忍，立刻露出滿面笑容。
「老師，昨天因為我家的蛋糕，給妳添了大麻煩。」
阿忍在臉前搖著手。
「妳也是受害人，不必掛在心上。警察有沒有來過？」
「來過、來過，問了很多問題，也調查了很多事。」

「警察問了什麼？」

「問了很多……老師，不要站著說話，進來坐吧。我請妳喝茶，算是向妳賠不是。」

老闆娘指著店內的桌子說道。裡面是一個咖啡店。

「但是，妳在忙吧？今天是聖誕節。」

阿忍假惺惺地推辭，老闆娘皺著眉頭，搖了搖頭說：

「聖誕蛋糕過了聖誕夜就沒行情了，就和單身女人一樣。」

「單身女人？」

「二十四歲時搶著有人要，一旦過了二十五歲，就只能賠售了，很有趣吧——呃，竹內老師，妳今年幾歲了？」

「二十五歲……」

「………」

「那、警方問了什麼？」

阿忍坐在椅子上，調適心情後問道。老闆娘一臉得救了的表情。

「喔……就、就是問是誰訂的蛋糕，昨天有誰靠近蛋糕。」

「妳是怎麼回答的？」

「訂蛋糕的客人姓松本，也是他打電話來取消的。至於有誰接近蛋糕，我就不知道了。」
「妳不知道嗎？」阿忍訝異地問。
「對。呃，老師妳昨天也看到了，客人訂的蛋糕裝進盒子後，就放在陳列架上。所以，如果有人假裝客人進來，刻意接近蛋糕很容易。」
「但如果要把刀子放進蛋糕裡，應該不容易吧？」
「是啊，但當我忙著把蛋糕裝進盒子，或是包裝的時候都背對著外面，如果是那個時候，或許就讓兇手有機可乘了。如果蛋糕還沒有包裝，只要打開蓋子插進去，再把蓋子蓋好，花不了多少時間。我也是這麼告訴刑警先生的。」
「是嗎？」這家店沒有僱用工讀生，老闆娘一個人張羅店裡的生意。如果兇手假裝客人來買東西，趁老闆娘包裝時，的確有時間可以把刀子偷偷放進蛋糕。
她在思考時，老闆娘幫她倒了紅茶。
「妳記得昨天的客人長什麼樣子嗎？」阿忍問。
「刑警先生也問了同樣的問題，也給我看了被害人的照片。」說著，老闆娘露出了同情的表情。「昨天不是聖誕夜嗎？客人一直進進出出，我根本不記得了。」
「原來如此。」
阿忍點了點頭，喝了一口紅茶問：「蛋糕盒上是否貼寫了預訂客人姓名的紙之類的？」

「有啊，」老闆娘說，「會把訂購時的訂購單貼在蛋糕盒上。」

這代表兇手可以輕易找到那個蛋糕下手。

「真的是飛來橫禍，希望不會影響店裡的聲譽。」

「不用擔心，而且，那兩名刑警雖然看起來不怎麼樣，但辦案能力很優秀，一定很快就會抓到兇手的。」

阿忍激勵著老闆娘，又閒聊了一會兒，便離開了「澎澎」。

離開蛋糕店，走在站前路時，聽到兩個中年男人在照相館前聊天。其中一個是照相館的老闆，另一個是隔壁藥房的老闆。

「我沒騙你，那絕對是飛碟。」

照相館老闆說。「我看到飛碟慢慢地飛向東方，這是我第一次看到，嚇了一大跳。」

「喔，是嗎？但你不是有近視嗎？會不會是把風箏看成了飛碟？」

藥房老闆的態度很冷靜。

「絕對不是風箏，那是飛碟，我敢和你打賭。」

照相館老闆有點惱火。

——喔，原來飛碟也會在這種地方出沒。

阿忍經過那兩個男人身旁時，不經意地聽到了他們的對話。

5

阿忍在「澎澎」的時候，漆崎和新藤一起去了松本悟郎家。他在高野千賀子擔任內勤工作的英語會話補習班擔任講師，昨天是今年最後一天上課。兩名刑警在客廳坐了下來。聽高野千賀子說，松本今年二十九歲，從外國語大學[13]畢業後，一邊打工，一邊學習翻譯，二年前開始進補習班擔任講師，曾經在美國住了一年兩個月。他皮膚黝黑，個子高大，五官輪廓很深，看起來不像日本人，很像時尚雜誌的模特兒。

——我討厭這種類型的人。

新藤第一眼看到他，就這麼認為。

「——情況就是這樣。」

漆崎慢慢向表情有點緊張的松本說明了情況，當然就是在蛋糕中發現了刀子的事。

13 外國語大學：專門教授各種外國語文的大學，又簡稱「外大」。

「怎麼會這樣呢？」
「我完全不知道。」
松本蒼白的臉左右搖晃著。「聽到明子的死訊，我已經嚇了一大跳，沒想到是被人殺害，而且在這麼奇怪的地方找到了兇器……我真的完完全全……」
松本學生時代住在東京，所以他說話的口音接近東京腔。這一點也讓新藤覺得不舒服，這讓他想起本間。
「是你訂的蛋糕嗎？」漆崎問。松本點了點頭。
「因為我們要舉行聖誕派對，大家說要準備一個蛋糕，所以就去訂了一個，我家附近剛好有一家蛋糕店。」
「對喔，這裡離蛋糕店很近。」
漆崎看著記事本確認。從這裡往西走兩公里，就是藤川明子的公寓。
「是誰提出要辦派對的？」
「我記得是千賀子，她很喜歡這種事。」
「蛋糕呢？」
「應該也是她。我和酒井不喜歡吃甜食。」
酒井就是酒井直行——被殺害的藤川明子的男朋友。
「所以，當初也決定由你去拿蛋糕嗎？」

「因為離我家最近，所以就這麼決定了。但千賀子打電話給我，我得知了命案的事，覺得根本沒心情吃蛋糕，就打電話去取消了。」

「原來是這樣，昨天原本舉行的派對有沒有安排什麼節目？」

「沒有特別的節目，我和千賀子、明子碰面後，七點去酒井家。」

「但是，你遲到了。」

「對，有點遲了……因為是今年最後一堂課，很多雜務要處理，沒辦法一下課就離開。」

「所以，高野小姐獨自去了藤川小姐的公寓，結果發現了屍體嗎？」

松本深深地嘆了一口氣說：「好像是這樣。」

「對了，我想請教一下，」漆崎抬眼看著松本。「你知道可能是誰殺了藤川小姐嗎？任何線索都可以。」

松本微微閉上眼睛，緩緩搖了搖頭，似乎在說，這種問題不該問他。

「每個人都有各自的秘密，可能她也有什麼秘密，但有一件事我可以斷言，沒有人討厭她，也沒有人恨她。」

「聽說她人很好。」

「她待人親切，也很善解人意。如果你們覺得我的意見太主觀，可以去問補習班的人。」

「補習班？」漆崎問：「你是說英語會話的補習班嗎？」

「對——啊，我忘了告訴你們，她在做目前的工作之前，也在我們補習班，和千賀子一起做內勤工作。」

「是嗎？她為什麼辭掉補習班？」

「她說自己不適合內勤工作。」

「不適合……嗎？」

雖然漆崎覺得其中似乎有隱情，但決定再去向其他人打聽這件事。

「兇手真的太可惡了。」

松本忿恨地說，「她目前正處於幸福的顛峰，她已經決定要嫁給酒井——刑警先生，請你們無論如何都要抓到兇手，然後判他死刑。」

他右手握拳，搥向左手的掌心。

離開松本家後，漆崎和新藤走向車站。他們要去和酒井直行見面，酒井在日本橋的電器行工作。

「松本喔……你有什麼想法？」

漆崎握著近鐵奈良線慢車[14]的吊環問新藤。

「他看起來不像在說謊，而且，也有不在場證明。」

驗屍結果顯示藤川明子的死亡時間是昨天下午五點到七點，當時松本正在補習班，而且也有證人。

「況且，他也不可能把刀子插進蛋糕。」

「也對……」

鑑識人員調查後，發現刀子上的血跡的確是藤川明子的，刀子形狀也和傷口一致，判斷是行兇時所用的兇器。

「兇手到底為什麼做那種莫名其妙的事？把刀子藏在蛋糕裡有什麼意義嗎？」

「藤川明子可能知道，所以才會留下那兩個字。」

漆崎扭轉身體，抬頭看著比他高很多的新藤。

「你有時候的意見很犀利。」

「有那麼犀利嗎？」新藤露出開心的表情。

「太犀利了，簡直不像你說的話，如果你可以推理出刀子插進蛋糕代表什麼意義，我會更感激你。」

「我哪可能那麼厲害？」

「我想也是。」

14 日本電車依停靠的站次多寡，有分成快車和慢車。

在他們聊天時，電車已經到了日本橋。

大阪的日本橋和東京的秋葉原一樣，整條街都是電器行。酒井直行就在一棟五層樓電器行的三樓賣場工作，那裡專賣文書處理機、電腦等3C相關商品。

漆崎他們在賣場後方的一個小房間內和酒井面對面坐了下來。房間內，紙箱堆到了天花板，房間中央放著廉價的桌椅。

酒井很瘦，而且氣色也差。漆崎和新藤覺得他很懦弱。

「我們還以為你今天會休假。」

漆崎露出試探的眼神看著他，酒井微微點頭。

「我很想休假，但年底特別忙，根本不可能請假。」

酒井的聲音很無力。

漆崎點了兩、三次頭，開口問道：

「那我就不多說廢話了，請問你從什麼時候開始和藤川小姐交往？」

酒井渾身緊張起來，他挺直了背。

「從六月開始……差不多半年了。」

「你們是怎麼認識的？」

「是松本和千賀子介紹我們認識的，我和松本在高中時就是朋友，他回大阪之後，我們經常見面。」

「喔，所以，半年前是藤川小姐還在英文補習班上班的時候嗎？」

「對。他們三個人很要好，松本和千賀子商量要幫明子介紹男朋友，結果他們就找了我。」

「所以，你們相互欣賞，開始交往了嗎？」

酒井無力地點頭。

「我們打算明年春天結婚。」

「這真是……」

漆崎低頭看著記事本，然後又看著酒井問：「對了，你最近有沒有發現藤川小姐有什麼反常的行為？」

「反常行為？」

「任何事，比方說，結交了新的朋友之類的。」

酒井偏著頭思考。

「她不太愛交朋友，最近的交友範圍也沒有和以前不一樣。除了我以外，應該只有和千賀子，還有松本來往。」

「所以，你不知道是誰殺了她？」

「不知道。我想，兇手應該是小偷，警方應該也會朝這個方向偵辦吧？」

「當然，不用你提醒，我們早就在調查了。」

雖然漆崎嘴上這麼說，但警方認為竊賊所為的可能性很低。藤川家沒有東西被偷，室內也沒有翻找東西的痕跡。割腕的行兇方式也不像是隨機行兇，而且，藤川明子體內檢驗出安眠藥的成分，代表兇手可能是熟人。也就是說，兇手可能趁藤川不備，給她服用了安眠藥，再把她帶去浴室，割開她的手腕。

既然是熟人，就大大縮小了偵查的範圍。

漆崎故意用只是例行公事的口吻，問酒井昨晚的不在場證明。他的表情頓時緊張起來。

「我六點左右回到家，之後就一直在家裡等他們。」

「一個人嗎？」

「只有我一個人。我無法證明，但沒有理由懷疑我。」

「對，我們知道。」

漆崎連續點了好幾次頭安慰他。「但因為這起命案有點離奇，所以我們也比較慎重。」

然後，漆崎把在蛋糕中發現水果刀的事告訴了酒井，他瞪大了眼睛。

「真的太離奇了。」

「對吧？你有沒有想到什麼？」

酒井偏著頭想了一下，但隨即搖了搖頭。

「我想不到任何可能。」

「果然你也想不到。」

漆崎和新藤向酒井道謝後，離開了電器行的大樓。

6

阿忍處理完學校的工作後，打算直奔車站。本間今天晚上也約她吃飯。不，不能說今天晚上「也」約她吃飯，因為昨天晚上發生了那件事後就解散了，所以今天晚上才算第一次。

但是當她走過神社前，準備前往車站的途中，看到神社內有好幾張熟面孔，於是，她轉身走進了神社。

是鐵平、原田和畑中三個搗蛋鬼。鐵平拿著望遠鏡看著天空，原田和畑中也抬著頭。三個人都張著嘴，感覺很滑稽。

「你們在幹嘛？」阿忍問。三個人緩緩轉頭看著她，驚訝地叫了一聲：「是老師！」

「你們是不是又在幹壞事？」

阿忍說著，也抬起了頭。天空很陰沉，布滿灰色的雲，什麼都看不到。

「你們在看什麼？」
「飛碟。」鐵平回答。
「飛碟？」
「我是不相信啦，他們一直吵著說有飛碟。」
原田說著，從夾克口袋裡拿出面紙，用力擤著鼻涕。
「我妹也說昨晚看到了飛碟。」
畑中抓著理著平頭的腦袋說，「我妹妹說，是在窗外看到有一個黑色的東西懸在天上，她不知道那是什麼東西，一直盯著看，發現那個東西越飛越高，最後就看不到了。」
「是喔……是什麼形狀的？」
「因為是晚上，而且那個東西是黑色的，所以看不清楚。」
「是不是看錯了，搞不好是氣球廣告。」
原田又擤了擤鼻涕，他好像感冒了。
「所以，我們剛才就來這裡，想看看到底是什麼東西。」
鐵平又拿起望遠鏡看了起來。阿忍知道這是他昨天向新藤敲竹槓拿到的禮物。
——不過，還真是無巧不成書。
阿忍想起剛才經過商店街時聽到兩個男人的談話，照相館老闆也說，昨晚看到了飛碟。

她看著畑中問：

「你妹妹說是在哪裡看到的？」

「那裡。」

畑中剛好指向車站的方向。所以，很可能和照相館老闆看到了相同的東西。

——人千世界，還真是無奇不有啊。

阿忍心裡這麼想道，繼續看著天空的方向。

7

地鐵淀屋橋車站往梅田方向的途中，有一家名叫「Musica」的紅茶專賣店。店內光線昏暗，店內的裝潢也以木材為主。

向酒井直行道別後，漆崎和新藤來到這家店，喝著用大杯裝的肉桂茶。他們正在等在英語補習班任職的女人筒井美智代，補習班從今天開始放假，於是，漆崎打電話去了她家，她和他們約在這家店見面。

美智代比約定時間晚了五分鐘現身，她年約二十五、六歲。看到她是美女，兩名刑警忍不住暗自竊喜。

漆崎首先問她知不知道藤川明子被人殺害的消息。美智代回答說她知道。
「沒想到這麼好的人會被人殺害，我真的嚇了一大跳。」
美智代喝了一口紅茶後這麼說，嘆了一口氣。
「大家對她的評價都很好。」
漆崎說，她用力點頭。
「她脾氣很好，工作也很認真，而且主管也都很喜歡她。」
「但是，藤川小姐今年夏天辭職了，妳知道是為什麼嗎？」
「我也不清楚。」
美智代微微嘟著嘴，似乎對此有點不滿。「她應該沒理由辭職。不過，我們不是很熟。」
「異性方面的問題呢？」
始終不發一語的新藤突然插嘴問道，「她是否被之前交往的男朋友甩了，或是她甩了對方──妳有沒有聽說過類似的事？」
美智代稍稍放鬆了臉上的表情。
「關於這個問題，我可以很有自信地回答，絕對沒有這種事。」
她搖了搖頭。
「從來沒有聽過她的好消息嗎？」漆崎向她確認。

「沒有。」她斬釘截鐵地回答。但隨即壓低嗓門說：「有一件事，你們不要說出去。有好幾個做內勤的女同事都和男講師走得很近。因為大部分講師都有豐富的出國經驗，即使一起去國外也不用擔心。而且，語言當然也沒有問題。」

「原來如此，」漆崎語帶佩服地說：「但藤川小姐和男同事完全沒有這種關係，對嗎？」

「對。」美智代點了點頭。

「也沒有男同事向她示好嗎？」新藤問。

「應該沒有，因為她整天和高野，還有松本在一起，別人根本沒機會接近她。而且，不久之後，他們就幫她介紹了男朋友。」

「妳認識她的男朋友嗎？」漆崎問。

「有一次在梅田的地下街遇見他們，雖然沒有交談……」

美智代欲言又止，漆崎探頭看著她的臉。

「雖然沒有交談——然後呢？」

「嗯，那個……我覺得她男朋友不怎麼樣，之前聽說是松本老師的朋友，還以為是很不錯的對象。」

「喔……原來是這樣。」

漆崎想起剛才見到的酒井。他瘦巴巴的，氣色很差，渾身散發出懦弱的感覺。

年輕女孩或許會覺得這種類型的男人一點也不可靠。

「藤川小姐辭職之前，和松本先生還有高野小姐的關係怎樣？是否有什麼變化？」

「應該沒有，高野小姐和藤川小姐經常在一起，和松本先生的關係也和以前一樣。」

「……是嗎？」

漆崎看了新藤一眼，問他是否有問題，新藤輕輕搖頭。於是，漆崎向美智代道了謝，喝完冰紅茶後站了起來。

「雖然我們積極打聽，卻沒什麼收穫。」

新藤坐在地鐵的長椅上抱怨著。

「無論問誰，每個人的回答都一樣，她不可能被殺——但事實上，她就是被人殺了，兇手一定躲在某個地方。」

他從西裝內側口袋裡拿出一張照片端詳著。那是四個男女在背景是牧場的地方的合影，是從藤川明子家的相框裡拿出來的。那四個人當然是明子、千賀子、松本和酒井。

應該是在六甲牧場拍的。明子的抽屜裡還有好幾張同一天拍攝的照片。

「別這麼說，我倒覺得很有收穫。」

「什麼收穫？」

「等一下再說，但有一個問題我想不通。」

「什麼問題？」

漆崎東張西望後，更壓低了嗓門。

「就是刀子的事。在聖誕蛋糕裡發現刀子固然很匪夷所思，但在考慮這個問題之前，還有另一個不解之謎，就是兇手為什麼要把兇器帶離現場。只要把兇器留在現場，即使有不少疑點，我們也不能完全排除自殺的可能性，這樣就可以誤導偵辦方向。兇手為什麼要捨棄對自己有利的點，特地把兇器帶離現場呢？」

「應該是有什麼特殊的理由，必須把刀子藏在那個蛋糕裡吧。至於是什麼理由，你問我也沒有用。」

「不，一旦這麼想，就會在原地打轉，也許我們不該太執著蛋糕這件事。」

漆崎的眼神漸漸銳利起來。

「總之，這起案子可能會拖很久。」

新藤把照片放回口袋時說。這時，他的手碰到了什麼東西，拿出來一看，是一個形狀細長的盒子。

「這是什麼？」漆崎問。

「啊，不是，這是……」

新藤慌忙放回了口袋。「沒什麼。」

「包裝紙上寫著聖誕快樂，哈哈，是聖誕禮物吧？」

「對不起。」

「沒必要向我道歉，是要送給竹內老師的嗎？」

「對。」新藤抓著頭說。

「原本打算昨天給她，但忙來忙去的，結果沒機會送她。」

「你還是天字第一號的大笨蛋啊。」

漆崎瞥了一眼手錶說。

「好吧，我回去報告，你去找她吧。」

「啊？」

「啊什麼？再不趕快交給她，聖誕節都快過了，還是你打算過年時當作紅包送給她？」

「我可以現在去送給她嗎？」

「沒問題，但你要加油啊。」

這時，地鐵進站了。兩個人同時站了起來，只有漆崎走向地鐵上了車。

目送前輩離開後，新藤在附近的商店打電話去了阿忍家。他之前曾經多次打電話去她家，通常都是找她約會，沒想到每次都遇到突發狀況，至今還沒有成功地約會過。

阿忍的母親妙子接了電話。新藤沒有見過她，但曾經多次和她通過電話。阿忍的母親待人親切，也很健談。

「她說今天要和本間先生去吃飯。」

妙子毫無顧忌地在新藤面前提起他的情敵，阿忍的個性顯然像她媽媽。

「什麼？和本間那個蠢蛋……喔，不，真的嗎？」

「我幹嘛說謊騙你？她說要去梅田的某一家飯店吃飯。」

「喔……」

新藤覺得雙腳發軟，妙子繼續在電話中說：

「新藤先生，現在到底是什麼情況？我一直以為她在和你交往，沒想到她突然說要去相親，結果相親沒有相成，卻經常和對方見面……感覺好像腳踏兩條船。」

腳踏兩條船——就是年輕人說的劈腿。

「不，我想阿忍小姐不會把我們放在天秤上比較。」

新藤說，「只是我們兩個都一直約她，阿忍小姐人很好，所以無法拒絕，而且，她好像並沒有認真考慮以後的事。」

「但她已經二十五歲了，如果再不表明態度，真要急死我們了。」

「呃，伯母，」新藤舔了舔嘴唇，「不知道伯母，呃……有什麼想法？就是您覺得我和本間先生，誰更適合阿忍小姐……」

電話中傳來哈哈大笑的聲音。

「誰都好，只要阿忍喜歡就好。不過，以我個人的喜好來說，希望女婿有毅力。」

「毅力……嗎？」

「對，毅力。而且，追求阿忍也要更積極一點。談戀愛要積極主動、積極主動啊，新藤先生。」

積極主動……喔——新藤握緊電話的手心冒著汗。

8

「——所以，我們母公司最近熱中投資不動產，卻盡可能減少本業方面的設備投資。照這樣下去，很快就會吃苦頭，但我只是子公司的一介員工，根本沒有發言權，只能乾著急。」

說著，本間喝了一口葡萄酒。

「真辛苦。」

阿忍一邊吃，一邊應了一聲。

每次一提到經濟和國際情勢的問題，本間就開始滔滔不絕，阿忍卻對這些話題很生疏。以一份報紙來說，本間對從第一版開始的前半部分很詳細，但阿忍熟悉的是體育新聞到電視節目表的後半部分。

——如果和他結婚，或許可以互補彼此欠缺的部分，但好像缺乏共同的話題……

阿忍想要聊職棒，大部分男人都對這個話題很有興趣，但她想到本間搞不好是巨人隊的球迷，立刻打消了這個念頭。阿忍是阪神隊的忠實球迷，所以最討厭巨人隊了。

阿忍吃著法式香煎白肉魚，暗自思考著。這時，本間突然「啊！」了一聲，看著阿忍的身後。她也跟著轉過頭，看到新藤站在那裡。

「你們吃得很愉快嘛。」

新藤走了過來，在阿忍旁邊坐了下來。

「我們正在吃飯，你未免太失禮了。」本間低聲說道。

「我馬上就走。我是來送東西給忍老師的。」

「你怎麼知道我們在這裡？」阿忍問。

「我打電話去妳家，伯母說，妳在梅田的飯店吃飯。我就打電話到這一帶飯店的每一家餐廳，問有沒有姓本間的人訂位——打聽這種事，我最拿手了。」

最後一句話是對著本間說的。

新藤把手伸進西裝內側口袋，拿出一個細長形的盒子。不小心把一個白色信封帶了出來，掉在地上。他把盒子交給了阿忍。

「忍老師，這是送妳的聖誕禮物，一點小意思。」

「是喔，謝謝你。我可以打開看看嗎？」

「不，請妳回家後再打開，我會難為情。」

「那我就回家再看——那個信封是什麼？」

「這個嗎？就是那起命案的被害人照片，妳要看嗎？」

「我看一下。」阿忍從信封裡拿出照片看了起來。總共有三張照片，其中一張特別大。都是四個人在某個牧場拍的。

新藤告訴她照片上四個人的關係。

「是嗎？這張為什麼特別大？」

「喔，這張原本放在相框裡，可能被害人最喜歡這一張。」

「是喔……」

阿忍若有所思地把照片還給新藤。

「你沒事了吧？」本間問。

「沒事了，我會如你的願離開。不過，本間先生，請你遵守紳士協議。」
「紳士協議？」本間反問後，用力點頭說：
「沒問題。」
「那我就放心了，我先告辭了。」
目送新藤離開，阿忍嘆了一口氣。
「莫名其妙，簡直就像小孩子吵架。」
「如果妳早點作出決定，問題就解決了。」
「不好意思，我不是那種別人催促，就會馬上作出決定的人。」
阿忍說著，把視線移向窗外。窗外夜幕降臨，黑夜的天空中亮起大樓的燈光和霓虹燈。
——飛碟啊……
她突然想起白天聽到的話，但並不是沒來由地想起這件事。況且，這件事和剛才新藤拿照片給她看時，她內心浮現的模糊想法不謀而合。
——該不會？
她停下手陷入思考，完全忘記了眼前的美食。

9

從近鐵今里車站往南走一小段路，就是俗稱的新地公園。十二月二十六日，大路小學六年五班的十幾名學生聚集在這裡。

「那天是十二月二十四日，就是前天，不用管其他的日子。時間是傍晚五點以後，瞭解了嗎？」

阿忍站在這群學生的正中央，站在她旁邊的鐵平舉起了手。

「只要是天上飛的東西都可以嗎？飛機之類的應該不算吧？」

「飛機不算。」

阿忍回答，「我猜想應該沒那麼大，最多只有這麼大而已。」

她向兩側張開雙手。

「顏色呢？」原田問。

「顏色不是很清楚，可能是黑色，但是，不必在意顏色。還有其他問題嗎？」

阿忍轉頭看著所有學生，沒有人舉手。

「好，那就開始行動。我在車站前的文福堂，有任何消息馬上來通知我。」

「好！」十幾個學生回答後一哄而散。

「今天的小鬼還真多。」

漆崎站在藤川明子租屋處的窗前往下看，自言自語地嘀咕著。窗戶下方是小巷子，但可以看到前面的大馬路，從剛才開始，就有很多小孩子走來走去。

「可能是放寒假的關係吧。」

新藤翻著明子的相簿說。今天，他們徵得明子家屬的同意後，來這裡調查明子的私人物品。漆崎似乎有目標，但並沒有告訴新藤。

「漆哥，完全沒有任何線索啊，我們是不是該去調查其他地方。」

「還有什麼地方？」

「比方說，明子工作的地方，還有向鄰居打聽。」

「這種事其他人已經在負責了，正因為沒有查到任何線索，所以案情才會陷入膠著。」

「他們不是也已經調查過這個房間了嗎？反正這裡也不可能找出什麼名堂。」

「少囉嗦，反正刑警的工作就是累了半天卻沒有半點收穫。那個紙箱裡裝的是什麼？」

漆崎指著新藤旁邊的紙箱問。

「這個嗎？原本放在壁櫥裡，我很好奇裡面裝了什麼，沒想到是毛線。」

「毛線？打毛衣的毛線嗎？」

打開紙箱，發現裡面有一團毛線織的東西。拿出來一看，發現是胭脂色毛線的編織物，原本似乎打算織一件毛衣，箱子裡還有五個相同顏色的新毛線團。

「還沒織完就被人殺了，真可憐。」

新藤深有感慨地說，但漆崎似乎在想其他的事。他打量著織到一半的毛線半天，然後小聲地嘀咕：

「我果然沒有猜錯。」

「怎麼了？」

「來，你看這個，你不覺得太大了嗎？」

漆崎把毛衣在身上比試著，看向新藤的方向。

「這應該不是明子自己要穿的，是要送給酒井的吧。」

「不，我覺得不是，」漆崎當下否定。「酒井穿的話，這件毛衣太大了，這是根據松本的身材織的。」

「松本？但他是千賀子的男朋友。」

「問題就在這裡。我在昨天打聽時，就覺得這裡面有問題。明子、千賀子和松本——這一男兩女一直都是好朋友。我認為明子應該喜歡松本，不，他們可能有發生過關係。」

「那酒井怎麼辦？他只是幌子嗎？」
「不知道，也可能就是幌子。姑且不談酒井，如果明子真的喜歡松本……」
「那千賀子就是她的情敵……」
漆崎站了起來，把沒有織完的毛衣放回紙箱。
「喂，我們要回去警署。」

漆崎和新藤走向今里車站的途中，看到文福堂糕餅店門口擠滿了小孩子。新藤以為發生了什麼事，往裡面一看，發現了一張熟悉的臉。
「啊，是基層刑警的大叔。」
說話的是田中鐵平，鐵平也發現了新藤身後的漆崎。
「啊，老基層的大叔也在。」
「這小鬼吵死了，你們在幹嘛？」
漆崎向店內張望，這時，阿忍走了出來。她看到兩名刑警也嚇了一跳。
「漆崎先生，怎麼這麼巧？」
「你們在這裡幹什麼？」
漆崎巡視著那些小孩子，每個人臉上都笑嘻嘻的，看了讓人心裡毛毛的。
「關於前天的命案，我請他們幫忙。」

「幫忙？你們做了什麼？」

「別站在這裡說話，我們去公園聊。」

阿忍邁開步伐，十幾個學生也都跟在她身後。漆崎和新藤互看一眼、聳了聳肩，也跟了上去。

阿忍坐在一張長椅上，漆崎和新藤也在她身旁坐了下來。十幾個學生圍著他們，形成了一個扇形。

「好奇怪的感覺。」

漆崎看著站在面前的一排學生，忍不住苦笑。

「在這次的命案中，這些孩子發揮了很大的作用。這件事等一下再說——新藤先生，你昨天給我看的照片還在嗎？」

「照片？喔，在啊。」

新藤把那幾張在牧場拍的照片遞給了阿忍。

「我看到這張照片，就覺得不對勁。首先，為什麼藤川小姐和酒井先生離得那麼遠？」

「有道理。」

漆崎看著照片，點了點頭。照片上從左到右，依次是明子、千賀子、松本和酒井。

「還有另一點，這張原本放在相框裡的照片中，酒井先生閉著眼睛。通常女生不會把自己的男朋友照得不好看的照片放在外面，而且酒井先生其他照片都照得不錯。相反地，其他照片中，松本先生就照得不太好，但放在相框裡的那張照片中，松本先生很上相。所以，我猜想藤川小姐真正喜歡的可能是松本先生。」

「嗯。」漆崎再度看著照片，發出了沉吟。「很漂亮的推理，然後呢？」

「我猜想藤川小姐一直喜歡松本先生，但在好朋友高野小姐和松本先生交往後，就把這份感情藏在心裡。不久之後，松本先生把她介紹給自己的朋友……我想，藤川小姐會和酒井先生交往，有一半是心灰意冷，另一半是自暴自棄。」

「她也是基於這種心情，答應酒井的求婚嗎？」

新藤問，阿忍輕輕點頭。

「我想，她一定是抱著走一步，算一步的心態。」

「走一步，算一步……嗎？結果，日子一天一天過去，到了聖誕節，他們決定要舉辦聖誕派對……」

漆崎喃喃自語著，突然張大了嘴。

「她是……自殺嗎？」

「我想應該是。」阿忍靜靜地回答，「可能一下子對一切都感到厭倦，所以就自殺了。」

「但是，兇器的問題……」

新藤開了口，漆崎猛然拍了一下大腿。

「我知道了，是明子把刀子藏進蛋糕。那天原本是松本要去蛋糕店拿蛋糕後，再和千賀子一起去找明子。如果一切按照計畫，應該由他們兩人一起發現屍體。他們當然會報警，警方會來勘驗現場，發現並沒有兇器。如果在這個時候發現死前留言寫著『蛋糕』……」

「辦案人員一定會檢查松本手上拿的蛋糕……啊！」

「沒錯，一旦在蛋糕中發現刀子，就會懷疑松本和千賀子。明子這麼做，是為了陷害他們……但是，太奇怪了，明子是怎麼把兇器藏進蛋糕的？」

漆崎看著阿忍，她故弄玄虛地咳了一下。

「她藏進蛋糕裡的刀子並不是真正的兇器。我猜想應該有兩把刀子，她用第一把刀割了身體的某個地方，沾上血跡，然後藏進了蛋糕。」

「原來有兩把刀子。」

漆崎露出懊惱的表情。「我想起來了，明子左手指尖貼著ＯＫ繃，原來是這樣割傷的。」

「她用第二把刀真的割腕。她割右手的手腕和吃安眠藥，都是為了偽裝成他殺。」

「妳說得對。」

漆崎連連點頭。「但是，第二把刀子去了哪裡？我們找遍了，都沒有發現刀子。」

「關鍵就在這裡。通常要隱藏兇器，都會塞去哪裡，或是埋在什麼地方，但是，其實有一個很大的地方可以成為理想的隱藏空間。」

「很大的隱藏空間？」

漆崎問，阿忍露齒一笑，指著天空說：

「天空。」

「天空？」

「對——你們來輪流報告一下打聽到的結果。」

阿忍命令一直靜靜聽著大人說話的學生，他們發現終於輪到自己了，個個很有精神地報告起來。

「車站前照相館老闆說，前天晚上，他看到了飛碟。」

「我妹妹也說看到一團黑色的東西飄在天上。」

「附近的奶奶說，看到西方天空有幽靈在飄，她現在仍然感到害怕。」

「蕎麥麵店的哥哥在送貨時，看到天空中有一個黑色的燈籠。」

「同學的哥哥說，好像看到空中有東西在飄，但他告訴自己看錯了，所以之前都沒說。」

當這些學生說完後，阿忍轉頭看著漆崎和新藤的方向。

「總結打聽到的這些目擊消息，發現那天有好幾個人在命案現場的公寓附近上空看到了什麼東西。」

「那是什麼東西呢？」漆崎吞了一口口水。

「我想應該是氣球。把幾個氣球綁在一起，再用黑紙之類的東西包起來。把氣球放在窗外，再用繩子綁住刀子，在割腕自殺後，刀子一離開手，就會隨著氣球一起消失在天空中。」

「嗯。」漆崎再度發出沉吟。「雖然這個推理很大膽，但恐怕不容易證明。」

「對了，聖誕夜那天，不是有聖誕老人在玩具店前發氣球嗎？那個大叔可能知道什麼。」

新藤說，阿忍也用力拍手。

「對啊，她一定是從那裡拿了氣球。」

「太好了，那趕快去玩具店。」

漆崎拍了拍新藤的背站了起來，準備走向車站前，但中途停下腳步，轉過頭說：

「忍老師，這次完全被妳占了上風。」

「不能老是讓你專美於前啊。」

阿忍開心地笑了起來。

10

「嗚哇，人好多。」一走下南海電車，看到眼前擠滿的人群，阿忍就驚叫起來。住吉神社從除夕夜開始就人滿為患。

「老師，請妳不要跑太快。」

「怎麼會有這麼多人？這些人沒有其他地方可去了嗎？」

「啊，你們看，有電視台的人在拍。」

「別管電視了，趕快擠去賽錢箱[15]那裡。」

「好痛，我的腳被踩到了，大阪人怎麼連一聲道歉都不說。」

「誰教你走路的時候在發呆！好痛，我也被踩到了。」

當他們撥開不輸給通勤顛峰的人潮，擠到賽錢箱前時，新藤和本間都已經筋疲力盡了，只有阿忍仍然活力十足。她把帶來的好幾個五圓硬幣投了進去，一臉

15 收集香油錢（賽錢）的箱子。

喜孜孜的。

「她的活力真讓人自嘆不如。」新藤嘆著氣說。

「既然這樣，你就不必勉強跟過來，交給我就好了。」

「那怎麼行？我已經拚了命把工作都趕完了。」

「撿氣球也算是工作嗎？」

「那可是很重要的工作。」

新藤握緊大衣口袋裡的手套。這是阿忍回送給他的禮物，也是第一次收到她的禮物，只不過本間也有一副同樣的手套，讓他有點不服氣。

藤川明子的命案終於在今天解決了。警方在生駒山的山麓找到了氣球，如阿忍所猜想的，那些氣球外面套了黑色的垃圾袋，氣球下方則綁了一個信封，裡面裝了刀子和遺書。藤川在遺書中交代了自殺的經過，證明了阿忍的推理完全正確。關於偽裝成他殺一事，她提到只是希望在氣球找到之前，讓千賀子和松本短暫地痛苦一陣子。

「本間先生。」

「什麼事？」

「我決定再繼續觀察一下，感情這種事不能太勉強，女人心真的是海底針啊。」

「是啊……我也有同感。」

新藤和本間望著阿忍的背影。阿忍沒有聽到他們的對話，雙手合十，嘴裡唸唸有詞。

不一會兒，響起了除夕的鐘聲。

忍老師的畢業歌

1

大路小學的學生必須集體上學。住在附近的各年級學生組成一個上學隊，由六年級最高的學生擔任隊長帶隊，每天早上一起去學校。這個規定讓低年級學生的父母也不必擔心小孩子在上學途中遇到車禍等危險情況。

住在大路三丁目綠山公寓的學生，都加入由一〇一室的田中鐵平擔任隊長的上學隊。除了鐵平以外，還有五年級的朝倉奈奈，以及兩名四年級學生，和一年級生、二年級生各一名，他們每天早上都會在鐵平家門口集合。

由他帶領學弟妹一起去上學的日子已經所剩不多了。六年級的鐵平一個星期後，就要參加畢業典禮。

這天，鐵平準時走出家門時，發現只有朝倉奈奈一個人等在門口。奈奈和她母親兩個人一起住在三樓的三〇一室，雖然比鐵平小一歲，但女生的成長比較快，兩個人的身高差不多。奈奈剪了一頭短髮，五官很清秀，看起來像小男生，但她的舉手投足都很有小女生的味道。

「妳今天真早。」

鐵平把腳後跟擠進球鞋時對她說，平時奈奈不會這麼早來。

奈奈的大眼睛眨了兩、三次，微微低下頭，把藏在身後的小紙袋遞到鐵平面前。

「那是什麼？」鐵平接過紙袋。

「這個、送你。」

奈奈小聲說著，身體左右搖晃著，格子圖案的短裙也跟著晃動起來。

「什麼？送我的？」

鐵平看著紙袋內。裡面裝了用黃色和黑色的毛線編織的東西，拿出來一看，發現是圍巾。

「這是妳織的嗎？」

奈奈點頭，但仍然不敢抬頭看他。「本來希望趕在冬天前織好，但失敗了好幾次，所以這麼晚才給你。」

「是喔……是黃色和黑色的條紋呢。」

「你不是喜歡阪神隊嗎？所以……」

「是喔……但現在已經三月了，戴圍巾有點熱。」

「嗯，對不起。沒關係，如果你不喜歡就還給我。」

奈奈低著頭，伸出右手。鐵平慌忙把圍巾放回紙袋。

「沒關係，我收下了。明年可以用。但妳為什麼要送我？」

「沒什麼特別的原因，」奈奈用左腳的腳尖踢著地面。「因為你要畢業了……送你的畢業禮物。」

「嗯，」鐵平從鼻子呼了一口氣。「是喔……謝謝妳。」

「……」

這時，四年級的隆志來了，隆志來到鐵平面前就問：

「阿鐵，你怎麼了？臉脹得這麼紅。」

「田中，你怎麼了？今天氣色不太好。」

國文課時，阿忍走到鐵平身旁問，把手放在他的額頭上。

「好像沒有發燒。」

「我沒事。」鐵平回答。

「那就好，離畢業典禮只剩下一個星期了，在畢業典禮之前，希望大家都不要請假。因為其他老師都說，我們班唯一的優點，就是大家都很健康。」

哈哈哈哈。在一片笑聲中，阿忍看到鐵平把什麼東西塞進了課桌。

「你在幹什麼？」阿忍抓住鐵平的手。

「我沒幹嘛啊。」

「不可以說謊，這個紙袋是什麼？除了課業用品以外，不許帶其他東西到學校，我看裡面裝了什麼。」
阿忍搶過紙袋，鐵平慌忙抓住了她的裙子。
「不行，不可以看。」
「你越這麼說，我越想看，這才是人性啊。」
阿忍拿出紙袋裡的東西。
「是阪神隊的隊旗。」有人說道。
「不是，這是圍巾。是女生送的嗎？」
「……」鐵平沒有說話。
咻咻。有人吹著口哨，也有人在旁邊起鬨。
「別吵。」阿忍用教科書敲著桌子。「男生有女生喜歡是值得驕傲的事，沒出息的男生才會嫉妒別人。」
阿忍一聲令下，教室內立刻安靜下來。阿忍巡視教室後，把圍巾放進紙袋，交還給鐵平。
「對不起，老師沒有惡意，不是故意拿給大家看的。」
「今天早上，低年級的學生送我的。」
「是嗎？那你要好好珍惜，上了中學之後，記得偶爾要回來學校玩。」
「嗯。」鐵平有點害羞地點頭。

「那我只能來學校看老師了。」

鐵平的好友原田在一旁開玩笑，大家都笑了起來，鐵平也跟著笑了。

阿忍情不自禁地瞇起眼睛，心情卻有點複雜——

2

八尾市龜井町發現了屍體。大阪中央環狀線和國道二十號交叉路口往岔路的方向，有一棟裝潢得十分花稍的汽車旅館，屍體就被人棄置在汽車旅館後方的草叢中。

「死者頭部受到重擊。」

漆崎去一旁隨地小便後，回到命案現場，搜查一課的新藤告訴他目前的情況。

「不知道是被扁平的兇器毆打，還是撞到了牆壁之類的。總之，後腦勺受了傷，沒有其他的外傷。」

「聽你的口氣，應該還沒有找到兇器。」

「目前正在找。」

「聽說沒有性侵的跡象？」

「對，幸好……」

說出口之後，新藤才發現對死者來說，根本談不上「幸好」。

住在這附近的一個喜歡散步的爺爺發現了屍體。那位爺爺像往常一樣，清晨帶著狗出門散步，但是狗卻走向奇怪的方向，結果發現一個年輕女人倒臥在草叢中。

死者年約十五到二十五歲，穿著牛仔褲和黑色毛衣，身高一百六十公分，微胖、圓臉，臉上的妝有點濃，一頭燙過的頭髮不到肩膀。

「女人的年齡實在很難從外表判斷，」

漆崎在記錄的時候忍不住嘀咕，「十五歲和二十五歲差太多了。」

「但是，時下的女人真的分不清楚年紀，聽同期的朋友說，他們抓到那些在賣的，幾乎都是中學生和高中生。」

「看來我們只能分辨小學生和老太婆的差別。」

漆崎嘶著下唇說，「屍體身上沒有任何東西？」

「什麼都沒有。」

新藤說，「在屍體不遠處，有一件深棕色的上衣，但口袋裡什麼都沒有，也沒有看到皮包之類的，牛仔褲的口袋也是空的，連手帕都沒有。」

「真的是什麼都沒有……」

「可能想要偽裝成強盜殺人吧。」

「嗯，但這不是隨機殺人。」

漆崎從長褲口袋裡拿出有點髒的手帕擤著鼻涕。「如果是隨機殺人，不需要處理兇器，而且，上衣和牛仔褲口袋裡空無一物也很不自然。如果是搶劫，只要搶了皮包就走人了。

「而且，也搞不懂被害人為什麼來這種地方，我猜想十之八九是在其他地方殺了之後，才載到這裡棄屍。」

新藤的意見很快就得到證實。在屍體幾公尺外的地方有車子駛入的痕跡，那裡的草都被壓扁了。

「他們正在採集輪胎的胎痕，但別抱有期待。」

新藤去向鑑識人員瞭解情況後，回來向漆崎報告。「從旁邊的柏油路駛入的痕跡有六公尺左右，但還用木棒之類的東西仔細清除了胎痕，顯然是兇手所為。」

「被害人是幾點遇害的？」

「呃，」新藤翻著記事本。「昨晚十點到十二點左右。」

「所以，兇手是在半夜把屍體載到這裡嗎？」

漆崎搔了搔下巴，四處張望著。環狀線旁幾乎沒有民房，除了汽車旅館以外，還有加油站。二十五號國道旁有很多民房，但離這裡有一段距離。

「即使去向周圍鄰居打聽，恐怕也得不到什麼有價值的消息。」

「還是要等證明被害人的身分後才能調查，可能要等家屬報案吧。」

新藤希望死者家屬趕快報案，被害人只有後腦勺受傷，乍看之下，死狀並不悽慘，確認這種乾淨的屍體時，家屬不至於有太大的心理壓力。

「但是，家屬可能不會這麼快報案。」漆崎自言自語說。

「為什麼？」新藤問。

「因為我覺得被害人可能是一個人住。雖然沒有特別的根據，只是有這種感覺。」

「是喔……」

聽漆崎這麼說，新藤覺得自己似乎也有同感。

3

被阿忍說氣色不好的那天晚上，鐵平發燒了。雖然只是感冒，但第二天早上仍然覺得昏昏沉沉，所以只能向學校請假。當他的母親美佐子準備打電話到學校時，鐵平仍然堅稱要去學校上課。因為之前阿忍曾經說，希望在畢業典禮之前，全班同學都不要缺席。

「你在說什麼啊，如果你今天勉強去學校，反而會讓感冒更嚴重，接下來的幾天都得請假了。」

在美佐子的勸說下，鐵平終於打消了去學校上課的念頭，但躺在被子裡，還是忍不住覺得懊惱。

這天中午之前——

正當鐵平睡得迷迷糊糊時，突然聽到有東西掉落的沉重聲音，他立刻翻身衝出被子。美佐子去買菜了，家裡只有他一個人。

「剛才是怎麼回事？」

除了聲音以外，他還感受到震動。他看向聲音的方向，發現有什麼東西掉在庭院裡。綠山公寓的一樓住戶都有各自的庭院。

鐵平在睡衣外披了一件棉外套，打開蒙上一層白色霧氣的落地窗。

眼前的景象令他難以置信。

有人躺在田中家的庭院裡，而且還特地鋪了被褥，舒服地躺在那裡——

到底是怎麼回事？鐵平呆立在原地半天，但他很快發現，躺在那裡的是住在二樓的朝倉奈的母親。

鐵平慌忙衝去打電話。

「今天的天氣真好。」

經常在這一帶巡邏的巡警站在庭院內，仰望著天空。今天的確天氣晴朗，萬里無雲。

「這種天氣很適合曬棉被。」

「對啊，但要特別小心。」

美佐子也附和著巡警的話。由於沒有釀成什麼大禍，其他警官也都鬆了一口氣。

鐵平打電話通報後，救護車在七分鐘後抵達，五分鐘後，警車就趕到了。美佐子剛好也回來了，和其他鄰居一起擠在外面看熱鬧，看到救護人員和員警接二連三地走進自己家裡，嚇了一大跳。

鐵平家的庭院內，朝倉奈奈的母親町子昏倒在被褥上。救護人員用擔架把她抬出去時，她皺著眉頭呻吟，似乎哪裡感到疼痛。聽到她的呻吟，鐵平知道她還活著。

員警聽了鐵平說明情況後，有的去附近打聽情況，有的去三樓朝倉家調查。從他們的談話中，鐵平瞭解了大致的情況。原來朝倉町子上午曬被子，在拍打被子時，不小心從陽台上跌了下來。那些員警說，因為拍打被子時通常會探出身體，所以才會發生意外。

雖然還必須調查是否有人把她推下樓，但鐵平覺得員警似乎無意認真調查這個問題。可能是因為町子撿回一條命的關係，員警認為只要直接向她瞭解情況就好。

員警即將離開時，才傳來有關町子身體狀況的消息。一位親切的巡警告訴他：

「雖然右腿骨折了，但幸虧及時送醫，沒有造成大礙，這都是你的功勞。」

「阿姨好像昏過去了。」

「有輕微的腦震盪，到醫院時已經醒了，哭說著腿很痛。」

「她住在哪一家醫院？」

「今里的杉崎醫院，目前正在治療。」

「是喔。」鐵平用鼻子哼了一聲。

這天傍晚，鐵平溜出家門，去了杉崎醫院。問了櫃檯後，敲了敲朝倉町子住的病房門。

開門的是一位三十歲左右的美女，她看到鐵平似乎有點驚訝。

「啊，是阿鐵。」

那個女人還來不及開口，病房內傳來一個聲音。奈奈坐在病床旁看著他，町子在病床上睡著了。

「妳的朋友？」女人問。

「鄰居哥哥，」奈奈回答。「路隊的隊長，住在一樓。」

「我是田中鐵平。」

他鞠了一躬，那個女人瞇起眼睛點著頭。

「我知道了，是你叫了救護車。謝謝你，真多虧有你，還特地來醫院探視，真是溫柔體貼。進來吧，我去倒茶。」

鐵平走進病房，那個女人拿著熱水瓶走了出去。

「她是我阿姨，」奈奈說：「昌子阿姨是媽媽的妹妹。」

「是喔。」

鐵平抓著頭，看著病床，只見町子靜靜地閉著眼睛。奈奈是單親家庭，和她媽媽兩個人相依為命，如果她母親生病了，生活就會發生問題。

「阿姨的情況怎麼樣？」

「嗯，腿摔斷了，但沒有大礙，媽媽的運氣很好。」

「對啊。」

「你感冒好點了嗎？明天可以去學校嗎？」

「已經好了，白天那場騷動，把感冒都嚇跑了。阿姨有沒有談起意外當時的情況？」
「嗯……」
奈奈微微低著頭，嘴唇動了動，似乎欲言又止，但她還沒有開口，昌子就回來了。昌子為他們倒了茶，又拿出大福麻糬請他們吃。鐵平邊吃著大福麻糬，邊把町子掉落當時的情況告訴她們。
鐵平離開時，奈奈送他到醫院門口。
「阿鐵，我跟你說。」
臨走的時候，奈奈吞吞吐吐地開了口。
「怎麼了？」
鐵平重新圍好圍巾問。他今天來這裡的另一個目的，就是要讓奈奈看到他用了那條圍巾。
「我媽說……她想不起來。」
「什麼想不起來？」
「就是從陽台掉落時的情況，她說只記得去陽台想把被子收進來，之後好像一片空白，什麼都想不起來。」
「可能發生得太突然，她嚇壞了吧。」
「也許吧。」

奈奈把雙手放在背後，用腳尖不斷踢著地面。這是她在思考或猶豫時的習慣動作。

「我媽媽說，雖然什麼都不記得了……只記得很可怕。」

「很可怕……是指摔下樓很可怕嗎？」

奈奈搖了兩、三次頭。

「媽媽說，好像不是這個原因。」

「是喔……」

鐵平不知道該說什麼，只能陷入沉默。奈奈很快抬起頭。

「算了，你別放在心上。再見。」

奈奈說完，轉身跑回去了。

4

果然不出漆崎所料，死者家屬沒有立刻報案。到第二天下午，才得知大阪中央環狀線死者的身分。這天中午之前，一名中年婦女向生野警署報警，說女兒失蹤了，員警立刻帶她去八尾認屍。根據當時陪同家屬前去認屍的員警報告，中年婦人一看到屍體，立刻放聲大哭起來。

漆崎和新藤又接下了向她瞭解情況的苦差事。

中年女子名叫宮本和美。體態豐腴，臉很大，染了一頭紅棕色的頭髮，燙著小鬈頭。她丈夫五年前病故，目前在鶴橋開了一家雜貨店。

死者是和美的長女清子，今年二十歲。高中畢業後，就在守口市一家電子零件廠上班。家中還有兩個妹妹，因為家裡空間狹小，在她上班半年後，就搬到東大阪的公寓獨居。所以漆崎的確沒猜錯，她是一個人獨居。

和美接到清子公司的電話，說清子連續幾天無故曠職，才發現清子失蹤了。打電話去她公寓也沒有人接，所以和美不知道女兒發生了什麼意外。

「沒想到她被人殺害了。」

和美完全不顧刑警在場，用手帕捂著眼睛放聲大哭起來。

「妳最後一次見到妳女兒是什麼時候？」

漆崎委婉地問。和美抽抽答答地想了一下回答：

「三月三日，她為兩個妹妹買了女兒節的蛋糕回家。她是個很乖巧的孩子，才剛搬出去一個人住……」

說到這裡，她又哭了起來。

「當時有沒有發現什麼異常的情況？」

和美搖搖頭。「沒有，和平時一樣。」

「妳女兒是不是有男朋友？」

聽到漆崎的問題，和美突然停止哭泣，然後偏著頭回答：

「可能有，但她向來不會和我談男朋友的事。」

「妳也不知道她以前男朋友的名字嗎？」

和美再度無力地搖頭。

「那女性朋友呢？妳知道妳女兒有什麼要好的朋友嗎？」

「她經常提到她公司有一個姓遠藤的女生。」

「遠藤小姐嗎？還有呢？」

「其他的就……」

和美摸著臉思考起來，但似乎想不出其他的名字。

「妳以前晚上打電話去女兒家時，是不是曾經有過沒人接電話的情況？或是妳去她家時，她不在家？」

「有時候深夜打電話給她，也沒有人接。事後問她時，她說在加班。」

漆崎瞥了新藤一眼，新藤也用眼神會意。這是很明顯的謊言。

他們又問了幾個問題後，向和美道謝，就讓她離開了。看著她離去的背影，新藤嘆著氣說：

「她似乎覺得自己完全狀況外，是害死她女兒的原因。」

「或許真的是這樣。」

漆崎剪著指甲說。

翌日，漆崎和新藤拜訪了宮本清子工作的電子零件公司。清子是在高功率電晶體的生產線工作，該生產線的組長飯塚接待了他們。飯塚個子不高，氣色很好，感覺很勤快。

他告訴漆崎他們，清子的工作是品管員。

「工作認真的年輕女孩最適合做品管。」

飯塚一臉嚴肅地說，「男人沒有女人細心。同樣是女人，年紀一大視力就變差，反應也會遲鈍，工作就會馬虎，所以不適合當品管員。所以，年輕女人最適合。」

「而且，宮本清子小姐工作很認真嗎？」

漆崎問，飯塚連連點頭。

「她做事有條不紊。雖然不太合群，但人很老實，也很聽話。現在這種女孩子很少見了，得知她的死訊，心裡真難過。」

「她通常加班到幾點？」

「最多不會超過一個半小時，但有些男性作業員會加班得比較晚一點。」

「所以，她下班回家應該不會很晚。」
「不會。」飯塚斬釘截鐵地說。
「你記得宮本小姐最後是哪一天來上班嗎？」
「我記得。是四天前。那天她沒有很晚下班，七點就打卡離開了。」
「她一個人嗎？」新藤問。
飯塚點點頭。「我想應該是的，她每天都是一個人回家。」
她是那天晚上十點之後被人殺害，所以在下班之後的這段時間，清子到底在哪裡？
「那天你有發現宮本小姐有什麼異常嗎？」漆崎問。
飯塚抱著雙臂，發出「嗯」的聲音。
「沒有。」
「遠藤小姐也在你這一組嗎？」
漆崎問了宮本和美提到的名字，但飯塚訝異地皺起眉頭。
「遠藤？她是誰？」
兩名刑警互看了一眼。飯塚的反應令人意外。
「聽說是宮本小姐在公司裡的好朋友。」
新藤向他解釋，飯塚搖了搖頭。

「不，沒有遠藤這個人。不光是我這一組，其他組也沒有。和宮本小姐比較要好的人，嗯……應該只有兒玉小姐。」

「可不可以請她過來一下？」

漆崎拜託道。飯塚組長立刻起身走了出去。兩名刑警互看著，失望地嘆了一口氣。

「這是很常見的手法，謊稱有一個虛構的朋友，即使和男朋友外出旅行時，也用這個人的名字。」

「這代表全天下的父母不可以太相信女兒。」

「是啊，你最好也去向竹內老師的父母打聽一下，如果她在家裡提起陌生的名字，就要注意了。」

漆崎打量著身旁的後輩刑警。聽到漆崎突然提起阿忍的名字，新藤有點手足無措。

「你不要用一臉嚴肅的表情，說這種無聊話。忍老師不可能做這種事，我相信她。」

漆崎不以為然地咕了一聲。

「你還是那麼天真，女人是一種費解的動物。你們最近發展順利嗎？」

「馬馬虎虎。」

「也就是說，你們最近沒約會？這可不行啊，女人只要少見面，很快就移情別戀了。」

「她又不是我的女朋友，我也管不了那麼多。況且最近這麼忙，根本沒時間交女朋友，連約會都沒時間。」

「談戀愛時的樂趣，就在於動腦筋擠出時間約會。」

什麼談戀愛？說得這麼好聽，你自己還不是和上司介紹的女人相親結婚——新藤很想這麼說，但還是忍住了。如果把漆崎惹毛了，吃苦頭的還是自己。

新藤的確擠不出時間約會。一個月前，阿忍說有事要找他商量，希望和他見面，結果他臨時有緊急的工作，無法如願赴約。而且，這種不幸連續發生了兩次，終於把她惹惱了。在之後見面時，阿忍對他說：「雖然之前有事找你商量，但現在已經太晚了。偏偏在重要的時候，你幫不上忙。」

這下子一定給她留下了壞印象。新藤每次想起這件事，情緒就很低落。

當新藤再度為這件事情緒低落時，飯塚組長帶著一個年輕女人走了進來。她是個個子嬌小、圓臉，看起來很親切的女子，但在自我介紹「我是兒玉春代」時的聲音顯得有氣無力。新藤認為是朋友的死訊讓她大受打擊。春代和清子是同期進公司，進公司後，兩個人就一直在這個生產線工作，她們經常聊天，也經常一起吃午餐。不過，下班之後就完全沒有來往。

「她很乖巧，人也很好，但不太合群，我猜想她可能有男朋友。」

「妳知道誰是她男朋友嗎？」

漆崎問。春代一雙大眼睛骨碌碌地轉了幾下。

「她完全不提這方面的事，而且，也從來沒有聽說過。」

「妳聽過遠藤這個名字嗎？」

「遠藤？沒聽過。」

春代回答得很乾脆。

「妳最近和宮本小姐聊了哪些事？」

新藤問。

「沒聊什麼……都是一些無關痛癢的事。」

她回答後，突然用一雙大眼看著兩名刑警，「我想起來了，差不多兩個星期前，她說了一件奇怪的事，說她可能會辭職。」

「辭職？為什麼？」新藤看著她的眼睛。

「不知道，即使我問她原因，她也沒有明確回答，只說還沒有決定。」

「你有聽她提過辭職的事嗎？」

漆崎看著飯塚問，飯塚也一臉驚訝，似乎也是第一次聽說。「我完全不知道。」

漆崎將視線移回春代身上。「還有其他人知道這件事嗎？」
「不知道，應該沒有。清子除了那次以外，也沒有再提起這件事。」
「真奇怪。」漆崎說。
「對啊，真的很奇怪。」春代也偏著頭納悶。

5

大路小學的職員最近都在為即將舉行的畢業典禮，忙著做各種準備工作和排練。除了主角的六年級生以外，當配角的五年級生也一起聚集在禮堂內，整天練習入場方式、歡呼方式，還要練習〈驪歌〉和〈畢業歌〉。
阿忍也忙得不可開交。這是她第一次帶畢業班，所以渾身好像有用不完的精力。
她正在教師辦公室找東西，學務主任中田從禮堂回來後，收拾東西準備下班了。
「主任，你身體不舒服嗎？」
阿忍問。「不，不是。」中田用手摸著禿頭。
「我等一下要去參加葬禮，我以前的學生死了。」

中田用手掩著嘴告訴她：「我偷偷告訴妳，她是被人殺害的。頭部受到重擊，被丟棄在馬路旁，實在太可憐了。」

「喔，就是八尾命案……」

阿忍雖然很少看報紙，但對於兇殺事件特別有興趣。「那個女生以前是主任的學生嗎？」

「今天的早報上不是說，終於查明了死者的身分嗎？我嚇了一跳，立刻打電話去她家，她家人告訴我今天要舉行葬禮。那孩子很乖巧，也很善解人意，真不知道是哪個傢伙做出這種傷天害理的事。」

中田生氣地皺著眉頭。

「你是幾年級的時候帶她的？」

「三年級到六年級。在畢業後，我也見過她幾次。她父親去世時，還去參加了葬禮，後來進高中時，也來向我報告。她的課業成績平平，再加上要幫忙家計，所以高中畢業後就馬上工作了，沒想到會發生這種事。」

中田連續嘆了好幾次氣，走向走廊。

這天放學後，阿忍剛走出學校大門，就聽到有人叫她。回頭一看，田中鐵平一臉賊笑，向她揮著右手。

「看你的臉，一定又在打什麼壞主意。」

阿忍抱著雙臂，瞪著鐵平。「你是不是想在畢業前幹一票壞事？」

「我才沒有這麼想。老師，妳真不相信我。」

「相信你的話就完蛋了。」

「妳還真敢說。」

鐵平雙手插在長褲口袋裡走了過來，抬頭看著阿忍的臉。

「老師，其實是有一件事想拜託妳。」

「不行。」

「我還沒說是什麼事。」

「因為我不想聽，反正你不會拜託我什麼好事。不是要求打一整天壘球，就是說營養午餐要吃牛排。」

「唉，」鐵平嘟著嘴。「我就快要是中學生了，真悲哀，我怎麼會拜託老師這種無聊事。」

「但是，應該就是這種事吧？」

「完全猜錯了。我想請老師當偵探。」

「偵探？」阿忍的聲音稍微有了變化。「怎麼回事？」

「嗯，故事很長，我們邊走邊說。」

鐵平在回家的路上，把朝倉町子——也就是奈奈的母親——從陽台跌落的事告訴了阿忍。町子腿傷雖然順利康復中，但至今仍然無法想起當時跌落時的情況，只記得當時感到格外害怕，卻完全想不起來在害怕什麼。據町子的女兒奈奈說，町子絕對不是那種會從陽台自己跌下去的「笨女人」，所以，鐵平和奈奈猜想町子是被人推下了陽台。

「我把這件事告訴了當時的巡警，但他根本不當一回事。」

「嗯，為什麼呢？可能因為你是小孩子吧。」

「這也是原因之一。但那個巡警大叔說，奈奈家的門鎖著，鑰匙在家裡，外人不可能進去。」

「喔，所以是密室囉。」

「巡警大叔也這麼說。」

阿忍感到心跳加速，她一直希望有機會遇到密室事件。和新藤有來往後，聽他說了很多命案的事，但每起事件都很普通。

「所以我想拜託老師。希望妳動動腦筋，解開這個謎團，如果可以查到兇手，當然就更好了。」

「為什麼拜託我？」

阿忍興奮得張大鼻孔，鐵平的回答完全符合她的期待。

「因為根據目前的經驗，老師的推理比那個菜鳥刑警大叔更精采。」

「啊哈哈，話是沒錯啦，但其實他也很努力呢。」

阿忍心情大好，鐵平住的綠山公寓剛好出現在眼前。

鐵平回家放好書包後，立刻帶著阿忍來到三樓。三〇一室掛著「朝倉」的門牌。鐵平按了電鈴，不一會兒門就打開了，一個感覺像小男生，但長得很可愛的女孩探出頭。

「這位是阿忍老師，我把老師帶來了，我說到做到吧。」

鐵平得意地說。奈奈恭敬地向阿忍鞠了一躬，「麻煩老師了。」

「啊喲啊喲，不必這麼客套啦。」

阿忍站在玄關環顧室內。一進門就是一個開放式廚房，裡面有兩個房間，屬於很常見的兩房一廳格局，散發出淡淡的咖哩味。阿忍每次去家庭訪問時都覺得，有孩子的家庭通常都有咖哩味。

阿忍在奈奈的邀請下進了屋，首先查看了陽台。金屬製的陽台大約有八十公分寬，曬衣竿上晾了一件小孩的襯衫和裙子，應該是奈奈自己洗的。阿忍不由得佩服這個孩子的懂事乖巧。

「妳媽媽是幾點曬被子的？」阿忍問。

「媽媽說，大約十點左右。」

「幾點摔下去的？」

「快十二點的時候。」

鐵平回答，奈奈也點著頭。「媽媽也說是這個時候。她說，覺得差不多該把被子收進來了，就走去陽台。」

「之後的情況就不記得了嗎？」

「對……」奈奈垂下了頭。

阿忍站在陽台上往下看。下面有一個狹小的庭院，町子就是跌落在那裡。

「田中，」她叫著鐵平，「你有沒有聽到奈奈的母親拍被子的聲音。」

「很可惜，那時候我睡著了。那天我不是因為感冒請假嗎？我是聽到阿姨摔下去的聲音才醒過來。」

「但是，拍被子的拍子掉在媽媽旁邊，」奈奈說：「所以，應該是拍被子的時候摔下去的。」

「是喔。」

阿忍想像著從陽台探出身體拍被子的情況，的確可能會不小心跌下去，但一個成年人會這麼不小心嗎？

「阿姨不可能自己掉下去，」鐵平把身體壓在欄杆上，兩隻腳懸空著。「如果是我媽還有可能，奈奈的媽媽才不會那麼冒失。」

「沒有人看到奈奈媽媽跌下去嗎？」
「好像沒有，那天對面的工廠剛好放假。」
這棟公寓對面有一棟兩層樓的印刷工廠，還有一整排發黑的窗戶，即使工廠沒有休息，恐怕也看不到。
「其他住戶呢？」
「沒有人看到，大家都是聽到阿姨跌下去的聲音嚇了一跳，才跑出來看發生了什麼事。」
「真可惜，如果有目擊者，事情就很簡單了。」
「如果有人看到，我們也不會找老師來幫忙了。」
「嗯，也對啦……」
阿忍離開陽台，走向玄關。大門上裝的是普通的圓筒鎖，看起來沒有異狀。
「發生意外時這裡是鎖住的，對嗎？」
「對啊。」
鐵平回答。那天的意外發生後，奈奈才從學校回來，所以鐵平更瞭解當時的狀況。
「這代表兇手也有可能躲在室內。」
「不可能。因為巡警大叔向房東借了備用鑰匙後，就開門進來了。」

「果然是這樣……我就猜到是這樣。」

阿忍看著奈奈的臉問：「鑰匙放在哪裡？」

「一把放在廚房的抽屜裡。」

奈奈打開流理台下方的抽屜，從裡面拿出鑰匙。「另一把在我身上。」說著，她從褲裙的口袋裡拿出一把形狀相同的鑰匙。

「唯一的方法，就是另外打一把備用鑰匙……」

阿忍嘀咕著，鐵平在一旁扯她的衣服。

「我忘了說一件事，當時還掛著門鏈，進來的時候，是用油壓剪剪開的。」

阿忍嘟著嘴，再度巡視了室內。這裡並沒有其他可以藏身的地方。

「怎麼樣？」鐵平問，「有沒有想到什麼可能性？」

「你不要催嘛。已經瞭解大致的情況了，我會認真思考的。」

「老師，我們就指望妳了。」

「我想請教奈奈，如果妳媽媽是被人推下陽台，妳知道可能會是誰嗎？」

奈奈一臉錯愕地回答：「我當然不知道。」可能她根本不曾想過這件事。

「意外發生的那天早晨，或是前一天，有沒有發生什麼異常的狀況？」

「什麼異常的狀況？」

「比方說，有奇怪的男人來家裡。」

奈奈搖著頭。「只有郵差叔叔和宅配的人來我家。」
「是喔……」
阿忍聽了心想，如果真的要調查這件事，也許最好問町子本人。
離開朝倉母女的家，阿忍對鐵平咬耳朵說：「會不會真的是意外？兇手根本不可能進去她們家。」
「老師，妳不是才說要認真思考嗎？」
鐵平氣鼓鼓地說。
「我當然會思考，但冷靜地認清事實也很重要。」
走下樓梯時，二樓二〇一室的門剛好打開，一個男人走了出來。二〇一室位在朝倉母女住家的正下方，阿忍不假思索地上前打了招呼。「對不起，打擾一下。」
「什麼事？」
那個男人和刑警新藤年紀相仿，穿著格子夾克，但皮膚比新藤白淨，感覺很斯文。
「呃，請問你知道樓上房間的住戶從陽台掉下去的事嗎？」
阿忍問，男人輕鬆地點點頭，開了口。
「我聽說了，真是太可怕了，那位太太身體有沒有康復？」
「有，聽說已經好多了。」

「太好了。」

「呃，請問一下，意外發生時你在家嗎？」

「啊？我嗎？不，我在公司上班。」

聽到男人提到公司，阿忍才想起今天是星期六。最近每家公司都開始實施週休二日。

「是嗎——你一個人住在這裡嗎？」

「是啊……怎麼了？那位太太怎麼了嗎？」

「不是，我只是想問一下……你有沒有看到意外發生時的情況？」

「不，很遺憾我沒看到。還有其他事嗎？」

「沒有了，打擾了。」

阿忍鞠躬道謝，男人走過他們身旁下了樓梯。不知道他是不是去約會，他不停地摸著自己的頭髮。

「只要有一個人看到當時的情況，事情就簡單多了。」

阿忍望著那個男人的背影，嘆了一口氣。

從大路小學到綠山公寓的路，剛好和車站反方向，所以當阿忍準備回家，又經過學校門口時，遇到了一個熟人。那個人一看到阿忍，立刻開心地揮著手。

「你在這裡幹什麼？」

阿忍板著臉問。她對這個男人小有意見。

「我在等妳啊，因為剛好有事來這附近，學校裡沒有人，我正打算回家呢，幸虧我耐心地繼續等著。」

「我剛才去了學生家，早知道就走其他的路回家了。」

「老師，妳別這麼說嘛。要不要去喝茶？我請客。」

「不用了，我在趕時間。」

阿忍經過新藤身旁時加快了腳步，但新藤似乎已經習慣了她這種冷淡的態度，立刻跟了上來。

「很快就要舉行畢業典禮了，那些搗蛋鬼終於要畢業了。怎麼樣？準備工作有沒有差不多了？」

「我又不需要準備什麼，你可不可以離我遠一點？被家長看到，又要議論紛紛了。」

「那很好啊，正如我願。」

「我才不想和你牽扯在一起呢，你到底找我有什麼事？」

「我來附近辦其他事，順便過來一下。妳應該聽說了八尾的命案吧？被害人以前就住在這一帶。」

「喔，」阿忍恍然大悟。「今天中田主任去參加葬禮了，聽說死者以前是他的學生。」

「喔，真的嗎？此行真是收穫良多。」

新藤停下了腳步，用力拍了一下手。

「既然這樣，我覺得有必要向妳瞭解詳細的情況，那我們去附近的咖啡店聽妳慢慢聊，這是公務，妳不可以拒絕。」

阿忍雙手扠腰，瞪著新藤片刻後，抬頭看著天空。

「唉，就是因為有這種刑警，治安才會這麼差啊。」

他們走進之前曾經有過交集的「澎澎」蛋糕店，阿忍喝著紅茶、吃著草莓蛋糕，新藤喝著淡淡的咖啡。

「宮本清子從大路小學畢業後，進入一所市立中學，之後又就讀府立高中。中學時的成績平平，照理說，以她的成績很難考進府立高中，但因為學校招生不足，所以就被錄取了。原本因為學費的關係，她打算萬一考進私立高中，就去讀夜校。」

「看來她年紀輕輕，吃了不少苦。」

阿忍把蛋糕上的草莓送進嘴裡時說道。遇到這種學生，不管成績好壞，她都會特別關照。

「高中畢業後，她就進了這家公司，去年開始一個人住，沒想到正要開始享受青春時就被殺了。這種命案特別讓人生氣。」

「我也有同感，你在查她的異性關係嗎？」

「是啊，但宮本清子幾乎不和男人交往。只有高中時和班上的同學交往過，對方去東京讀大學後，就把清子甩了。」

「真可憐，男人都很自私。」

新藤乾咳了兩聲。

「總之，她似乎是很不起眼的女生。進公司後，也完全沒有交男朋友的跡象。」

「所以，在異性關係方面沒有任何線索嗎？」

「不，還不能完全排除這種可能性。」

新藤意味深長地點點頭，喝了一口咖啡。「宮本清子曾經向她好朋友說，可能會辭職。我認為她可能打算結婚。結婚辭職，走入家庭——我猜想是這樣。」

「她是被那個她原本打算嫁的人殺害的嗎？」

阿忍覺得果真如此的話就太慘了。

「嗯，現在還無法斷言——命案的事就先談到這裡，如果向民眾透露太多，漆哥又要罵我了。」

新藤和阿忍在一起時經常聊他辦案的情況，因為他知道阿忍最喜歡聽這些事。

「對了，我這裡也發生了一起不算大的事件。」

「事件？什麼事件？」

阿忍把朝倉奈奈的母親町子跌落，以及鐵平對這起意外起疑，找阿忍幫忙的事告訴了新藤。新藤聽完後，一臉嚴肅地說：

「真有趣，不，這樣說太失禮了。但真的很有意思，如果不是密室，警方搞不好願意認真調查。」

「但簡直是太完美的密室了。也沒有任何證據顯示她是被人推下樓的，老實說，我也覺得只是單純的意外。」

「我也同意妳的意見，」新藤說：「但光是這樣，鐵平無法接受吧，最快的方法，就是立刻喚醒那位媽媽的記憶。」

「正因為她想不起來，才在傷腦筋，所以才會找你商量啊。」

阿忍吃完最後一口蛋糕，目光移向櫥窗。一天吃兩塊蛋糕可能真的會發胖……

「對了，妳之前也說有事要找我商量，雖然好像已經解決了，但到底是什麼事？」

「喔，你說那件事啊。」

阿忍斜眼瞪著新藤。她之前的確約了他，說有事找他商量，而且前後總共有兩次，沒想到他兩次都爽約。雖然阿忍知道他是為了工作，但因為是很重要的事，所以難免失望。

「那件事和你沒關係。」

「別那麼冷漠嘛，到底想找我商量什麼事？是缺錢嗎？是不是為了這件事？」

這個男人笨得太徹底了——阿忍很受不了地站了起來。「我為什麼會缺錢？而且，我不是說了和你沒有關係嗎？我走了。」

「啊，等一下——啊！」

新藤慌忙想要站起來，卻不小心打翻了杯子。阿忍回頭看著他說：

「關於宮本清子的事，她想要辭職應該不是為了結婚。比方說，她的男朋友想要去很遠的地方，她打算同行。」

「什麼？」

「新藤先生，你要多瞭解女人心。」

「呃，我……」

新藤用手帕擦著褲子，阿忍頭也不回地大步離開了。

6

和阿忍見面後隔週的星期一，新藤和漆崎一起再度前往宮本清子以前任職的公司，打聽公司內最近是不是有人要調往他處。上次接待他們的飯塚組長立刻搖頭否定。

「我們這裡是生產線，生產線上的人百分之九十九不可能調去外地，最多只是在同一家工廠內，調去其他的部門。而且都要有一定程度的資歷後，才會有調動。」

「所以，宮本小姐周圍也沒有人要調去外地嗎？」

漆崎問。組長回答說：「沒錯。」

「你上次說，宮本小姐是負責品管工作，」新藤在一旁問道：「她的工作會不會接觸到其他部門的人？」

「當然不能說完全沒有。」

飯塚拿起一旁的公司內部的電話簿，在兩名刑警面前翻了起來。目錄頁上羅列著各個部門的名字。

「品管課的人經常會來這裡，還有生產技術課和設計課的人，另外在試製新商品時，開發課的人也會來。」

新藤迅速記錄了飯塚提到的部門，然後問他：「這些部門的人會和宮本小姐說話嗎？」

「那當然，他們也不討厭和女孩子聊天啊。」

飯塚笑了起來。「有些品管課和生產技術課的人就是用這種方式娶到了老婆。不過，開發課的人對生產線的女生倒沒什麼興趣。他們都是菁英，幾乎都是研究所畢業，根本不把學歷只有高中畢業的女孩放在眼裡。」

「菁英就是這副德行。」

做了多年基層刑警的漆崎咬牙切齒地說。很可能步上後塵的新藤也在一旁點頭。

向飯塚道別後，新藤先打了通電話給品管課，說想去瞭解一下情況。對方聽到警察要上門，似乎有點慌了手腳，但還是答應馬上接待他們。兩名刑警戴上了訪客用的藍色帽子，沿著對方在電話中告訴他們的路線前往品管課。

品管課長身材富態，看起來很親切，對漆崎他們的問題也有問必答。據他的說明，目前他的部門內並沒有人會在短期內調職。

「請問和宮本清子小姐在工作上有交集的是哪一位？」

「飯塚組長負責的是高功率電晶體，所以是由大瀨負責的，我馬上找他過來。」

品管課長起身走向其他房間，十分鐘左右後回來了。一個二十歲左右的年輕人跟在他的身後。

「我是大瀨。」年輕人自我介紹說。

漆崎首先問他有沒有和宮本清子說過話。大瀨回答：「當然有。」

「你們談了一些什麼？」漆崎問。

「談什麼……都是工作上的事。」

「你有沒有約過她？」

大瀨立刻瞪大了眼睛，隨即露出有點生氣的表情。

「為什麼我要約她？」

「不，我只是在想，有沒有可能。你有沒有和宮本小姐聊過私事？」

「除了工作以外，我們從來沒有聊過天，況且她從來沒有這個意思。即使和我說話時，也總是低著頭，似乎對男人有強烈的警戒心。」

「是喔。」

漆崎一邊摸著下巴一邊看著新藤。新藤輕輕眨了眨眼，表示他認為大瀨並沒有在說謊。

離開品管課後，他們又去了生產技術課和設計課，結果也大同小異。每個部門的窗口都說對宮本清子的第一印象很差，這一點非常耐人尋味。

最後，他們前往開發課。開發主任的眼神和態度都很不友善，說話也很精簡，似乎極力避免和命案有任何牽扯。即使如此，漆崎他們還是從他口中打聽到名叫橫田的員工，和飯塚組長的部門有工作上的交集。

「我們想見見這位橫田先生。」

漆崎提出要求，開發課主任毫不掩飾臉上的不悅，吩咐旁邊的年輕員工去把橫田找來。

不一會兒，一個白白淨淨、五官端正的員工走了進來。他就是橫田。他和兩名刑警在一旁的會議桌前相視而坐，開發主任事不關己地走開了。他似乎完全不想和這起命案有任何關係。

漆崎開始向橫田發問，首先問了他和宮本清子之間的關係。

「當我在報紙上看到那起命案時，也沒有想到是那個生產線的女生，聽到大家都在討論這件事後，我才知道的。」

「所以，在此之前，你連她叫什麼名字也不知道嗎？」

「對，雖然很可愛，但我覺得她很不起眼。」

「你們有沒有聊過天？」

「有稍微聊過幾句，但記不太清楚了，我只關心試驗品的結果。」

他的言下之意，就是熱中工作，根本沒把女生放在眼裡嗎？這個人說話真討厭。新藤聽在一旁，忍不住這麼想道。

「你去張羅今天我們見過面的所有員工的照片，」

走出開發課後，漆崎命令新藤。

「然後把這些照片拿給宮本清子的母親和朋友看一下，確認他們有沒有見過這幾個人。雖然不能抱太大的希望，但該做的還是要做。」

「我覺得宮本清子的男朋友要調職到他鄉的這個推理很有可能啊。」

之前聽阿忍提起這個問題後，他就積極向這個方向偵辦。

「現在還不知道，她的男朋友不一定是同一家公司的人，而且忍老師為什麼會有那種想法？」

「不知道……」

「會不會是她自己喜歡的人要調職去很遠的地方？所以，她也打算跟著辭職？」

「漆哥，你不要嚇我好不好？」

「不，這很難說，因為你傻傻的，老師可能對你感到失望了。」

「這……可不能隨便亂開玩笑。」

漆崎賊賊地笑了起來，新藤呆然地站在原地。

「真難得，你居然有事找我。」

本間義彥吃著炸豆腐說道。本間是來自東京的上班族，曾經和阿忍相過親，是新藤的情敵。

「嗯，因為有點事。先喝一杯再說吧。」新藤為本間的杯子裡倒了酒。他們並肩坐在千日前的小酒館吧檯前。

「好可怕，我事先聲明，我們製造業的上班族薪水幾乎是目前全日本最低水準，不像你們公務員，不管景氣好不好，都可以領到固定薪水。」

「不管景氣不景氣，犯罪都會發生──你為什麼突然提薪水的事？」

「你不是來找我借錢嗎？」

「莫名其妙，我為什麼要向情敵借錢？與其向你借，還不如向漆哥借呢。」

「雖然我聽不懂你向漆哥借錢是什麼意思，但總覺得你好像話中有話。」

「這種事不重要啦，今天我找你，是有事想要問你。」

新藤舉起杯子，轉身看向本間的方向、挺直身體。「本間先生，你最近是不是要調職？」

「沒有啊。」本間咬著柳葉魚回答。

「回答得真乾脆。」

「因為本來就沒有要調職啊，有什麼辦法——老爹，請給我炸牡蠣。」

「是喔，原來你沒有要調職。」

新藤重重地吁了一口氣，同時打著呵欠、伸懶腰。「啊，太好了，這樣我就放心了。」

「你說話真奇怪，你不是希望我調職去其他地方嗎？」

「我才不會那麼壞心眼。當然，如果你要調職，我也不會挽留你啦。」

說著，新藤拚命喝著酒。如果本間真的調職，而且阿忍跟著他離開，他打算當場就動手揍本間一頓。

「喔，對了，我還想問你一件事。」

新藤告訴本間，一個月前，阿忍曾經找他，說有事要找他商量。本間聽了，露出不滿的表情。

「搞什麼嘛，原來她也為這件事找過你。真讓人失望。」

「她也找過你嗎……你們談過了嗎？」

「對啊，當然談過了。你拒絕了嗎？」

「不，是因為我工作太忙了……她到底找你談什麼事？我之後問了她好幾次，她都不願意告訴我。」

「是喔。」

本間停下筷子，斜眼看著新藤，意味深長地笑了起來。「那我也不能說。」

「啊？」

「既然忍老師不說，我當然不能說。」

「這也太……怎麼可以這樣？」

「不過，我可以告訴你一件事。她目前正站在人生的十字路口，如果她選擇結婚，也許就是現在。」

「所以，現在是向她求婚的好時機。」

「是啊，但我不會向她求婚，因為我覺得不求婚比較好。」

「…………」

本間看著前方，默默地喝著酒。新藤注視著他的側臉，沒有再問什麼。

7

畢業典禮即將在明天舉行，幾乎已經排練得差不多了。阿忍站在禮堂的牆邊，看著正在練習合唱的同學，回想起和他們共度的時光。

——雖然這些孩子都很調皮，但終於都要畢業了。阿忍也因為帶了他們這個班，對教師的工作產生了自信，覺得必須對他們心存感恩……

〈畢業歌〉的歌聲響起，阿忍帶的班級雖然歌聲洪亮，但唱得五音不全。班上的同學似乎都和班導師一個樣，所以音樂成績也始終沒有進步。

她看到田中鐵平和原田郁夫的臉。因為他們的關係，捲入了多起命案。但如今覺得所有曾經發生的事，都是快樂的回憶。說到田中，朝倉町子跌落事件至今尚未解決，但阿忍很不希望就這樣懸而不決——

在學生練習合唱的時候，舞台上正在為明天做準備。有人確認講台和麥克風的位置，也有人把太陽旗掛在講台後方。

正在掛太陽旗的老師不小心跌倒了，匆忙間抓住了旗子，旗子被扯了下來。孩子們的歌聲停了下來，禮堂內響起了笑聲。幾名老師大聲訓斥著學生，阿忍也正想開口，卻突然靈光乍現。她回頭看著舞台，剛才那名跌倒的老師慌忙站了起來，想把旗子掛回去。

「喔，原來是這樣……」

阿忍情不自禁地說道。

8

畢業典禮當天——

阿忍在典禮開始的一個小時前，來到了今里車站。昨晚新藤打電話給她，說務必要見她一面。因為在畢業典禮之後，要和其他老師一起忙一些事，所以決定在典禮開始之前碰面。

來到距離車站差不多五分鐘路程的公園，發現新藤坐在鞦韆上等她。阿忍向他揮了揮手，他立刻起身，拍了拍長褲上的灰塵。

「有什麼急事？」

阿忍問。新藤整了整領帶，嚥了口水，「呃——我想啊……」

「想什麼？」

「喔，就是那個……妳穿黑色衣服也很好看。」

「這我早就知道了，我穿什麼衣服都很好看。你找我有什麼事？」

「妳這樣一直催，我反而說不出來了……」

「你在嘀嘀咕咕什麼啊，如果沒有事，那我要去學校了。」

「啊啊，請等一下。我說、我說，我現在就說。」

新藤清了清嗓子，誇張地深呼吸，然後站直身體說：

「請妳嫁給我。雖然我不一定能夠帶給妳最美滿的幸福，但我一定會努力讓妳幸福的。」

說完，新藤又深深鞠躬說：「拜託妳了。」這時，有什麼東西從他西裝口袋裡掉了出來。

「啊，有東西掉了。」

阿忍的話音未落，一陣風吹來，把掉落在地上的東西吹散了。

「啊，慘了，這些照片很重要。」

雖然新藤求婚到一半，但不能眼睜睜地看著辦案資料吹走，慌忙撿起了照片。阿忍也幫忙撿了幾張。

「呃，一張、兩張……老師，妳手上有幾張？」

「我有兩張。」

阿忍不經意地看了一眼照片，突然「咦？」了一聲。

「怎麼了？」

「我知道這張照片上的人。」

阿忍發現照片中的人，正是住在綠山公寓的，也就是在朝倉母女樓下的那個男人，她記得他家的門牌上寫著「橫田」。

「沒錯，這個男人的確叫橫田。不過，還真巧啊。」

新藤感慨地說，阿忍用嚴肅的眼神看著他的臉。

「新藤先生，我認為不是巧合。」

「啊？什麼意思？」

「在八尾發現屍體和在綠山公寓發生意外是同一天吧？你不覺得兩者之間有關係嗎？」

「但是，光憑這一點……」

新藤用手抵著額頭。

「不光是這一點而已，如果我沒有猜錯，就是這個叫橫田的人讓朝倉同學的媽媽跌下陽台。雖然我昨天就察覺了這件事，只是完全想不到動機，所以就沒有說出來。」

阿忍一口氣說完，下意識地拉著新藤衣服的袖子。

「所以，妳解開了密室之謎嗎？」

「我解開了，其實並沒有太大的玄機——新藤先生，把被子曬在陽台上，想要拍被子的時候會怎麼做？是不是會像這樣探出身體？」

阿忍在新藤面前踮起腳，上半身向前傾倒。雖然在旁人眼中，這個姿勢很奇怪，但阿忍現在顧不了那麼多。

「對啊，應該是這樣拍被子，如果有人從後面輕輕一推，就會跌下去。」

「這是錯誤的思考方向。」

阿忍站直了身體。她的臉紅紅的，剛才的動作讓血液都流向了腦部。今天早上費心整理的頭髮也全亂了。

「不能認為她是被推下來的，兇手應該是在朝倉町子拍被子時，從下方拉扯被子。只要拿一張椅子放在陽台，站在上面，就可以拉到樓上的被子，不是嗎？」

「對喔，橫田的個子也很高。原來是這樣，還有可以從下面拉被子這一招。」

「橫田說發生跌落事件的那一天，他在公司上班。但我懷疑他這句話的真實性。新藤先生，請你馬上去調查一下。」

「不，在此之前，我還有一件事要處理。」

新藤從口袋裡拿出另一張照片。阿忍一看，似乎是宮本清子的照片。「我剛才想到，也許被殺的宮本清子是橫田的女朋友，曾經出入過他家，朝倉太太可能曾經見過宮本清子。這麼一來，橫田就有殺害朝倉的動機了。老師，我先去看朝倉太太，問她有沒有看過宮本清子。」

「我也一起去吧？」

「妳在胡說什麼啊，妳趕快去參加畢業典禮，一定要劃上完美的句點。」

於是，新藤準備前往綠山公寓，阿忍決定去大路小學。因為到學校之前剛好同路，他們並肩走在路上。雖然新藤的求婚被迫中斷，但兩個人都沒有再提起這件事。

——這個人不適合耍帥，是天生搞笑的料。

阿忍瞥向一臉嚴肅地往前走的新藤，忍不住吃吃笑了起來。

來到學校門口時，他們正打算道別，有一個學生大喊著衝了過來。「竹內老師，出大事了。」抬頭一看，原來是朝倉奈奈。

「怎麼了？妳的表情好可怕，原本漂亮的臉也變醜了。」

阿忍調侃道。

「出事了。我媽媽被人攻擊，結果阿鐵和壞人一起不知道去了哪裡。」

「什麼？」

阿忍和新藤異口同聲地叫了起來。

「我和阿鐵一起來上學，聽到後面很吵，回頭一看，一個穿著黑色運動衣的男人從公寓裡衝了出來。我們停了下來，不知道發生了什麼事，看到阿鐵的媽媽衝出公寓，大喊說有強盜，朝倉太太被攻擊了。我嚇壞了。」

奈奈的雙眼張得像龍眼一樣大，完全表現出她當時的驚嚇。

「我知道妳嚇到了，然後呢？」

新藤催促著奈奈。

「阿鐵就去追那個男人，那個男人跳上停在路旁的小貨車，阿鐵就跳上了車斗。」

「那孩子怎麼這麼魯莽……」

阿忍說不出話。

「聽阿鐵的媽媽說，我剛出門，家裡就傳來尖叫聲。阿鐵媽媽上樓查看，一個男人衝了出來，把阿鐵媽媽推開逃走了。我媽媽被那個男人掐住了脖子。」

「新藤先生，就是那個男人！」

阿忍大叫起來，「是橫田，他又想對朝倉太太下手。」

「那個男人往哪個方向逃？」

新藤問。奈奈想了一下，伸手一指。「往南，所以是那裡。」

「往南嗎？除了穿黑色運動衣以外，還有沒有其他特徵？」

「戴了灰色的帽子，還有墨鏡。」

「小貨車的特徵呢？隨便什麼都好。」

奈奈偏著頭想了一下。「藍色的……裝貨的地方有塑膠布圍起來。」

「塑膠布就是車篷吧，好，我知道了。」

新藤左右張望了一下，發現了附近的公用電話，立刻跑了過去。他打算和總部聯絡。

「喔，老師，今天真早。」

這時，原田和畑中這兩個搗蛋鬼晃了過來。每個人都穿上了最漂亮的衣服，但還是平時那身沾滿泥巴的衣服最適合他們。

「你們給我聽好了，」

「幹嘛？我們又沒有做壞事。」

原田露出警戒的眼神，畑中已經做好隨時逃跑的準備。

「笨蛋，不是這件事。老師有急事，不能出席畢業典禮了。」

「為什麼？」

「就說是急事了。我會請其他老師照顧你們，你們一定要聽話。唱歌的時候要大聲，即使唱得再難聽也沒有關係。」

「嗯，知道了。」

「記得轉告其他同學。」

阿忍看著學生走進學校時，中田主任走了過來。阿忍向他說明了情況，說去田中家瞭解情況，直到鐵平平安回家。中田聽到鐵平去追可能殺害宮本清子的兇手，驚訝得不得了。

「好，我會照顧你們班級。」中田主任拍著胸脯說。

不一會兒，新藤打完電話回來了。

「我已經通知總部，會派人前往各主要道路，他已經是甕中之鱉了。」

「我現在要去田中家。」

「好，我也一起去。」

「我也要去。」

奈奈也舉起了手。

附近派出所的巡警已經趕到鐵平家。鐵平的父母情緒很激動，但看到阿忍他們之後，心情稍微平靜下來。

「他一下子就跳上了小貨車的車斗。」

鐵平的母親美佐子按著眼角說。

「他上次就在說，一定要抓住把奈奈的媽媽推下陽台的人……」

「對不起，全都是為了我。」

拄著拐杖的朝倉町子鞠躬說完，用力咳嗽起來，讓人看了於心不忍，似乎是因為剛才被人掐住脖子的關係。

美佐子搖了搖手。「完全不是朝倉太太的錯，妳不要放在心上。」

「對了，」我想請教一下，」阿忍看著町子的眼睛問，「妳從陽台上摔落時，會不會覺得有人把被子往下拉？」

「聽妳這麼一說……」

町子皺著眉頭，偏著頭思考。

「聽妳這麼一說，我想起來了。當時覺得身體突然懸空，我想要用力站穩，但身體一直往下滑……所以覺得很害怕。」

「我就知道是這樣。」

阿忍和新藤互看了一眼，用力點頭。新藤拿出宮本清子的照片遞給町子，「妳有沒有見過這個女人？」

町子看了一會兒，但還是搖了搖頭。「我沒見過。」

「是嗎……」

新藤納悶地看著阿忍，果然和命案無關嗎？

這時，在一旁探頭看照片的奈奈大聲叫了起來，「啊，我看過她。」

「妳看過她？真的嗎？」

「嗯，她來拿宅配的東西。因為樓下的鄰居不在家，所以宅配的東西就寄放在我家，那個人上來拿的。我沒騙你們。」

「那就對了，」新藤叫了起來。「橫田以為宮本清子是向町子太太拿東西，所以才想要町子太太的命，以免說出他和宮本清子的關係。」

「真是笨死了，這種男人死掉算了。」

阿忍忿忿地說這句話時，電話鈴聲響了。新藤馬上接起電話。在眾人的注視下，他對電話說了兩、三句話，向其他人用力比了一個V的手勢。

橫田在平野區的加美遭到逮捕，剛好是發現宮本清子屍體不遠的地方。跳上車斗的鐵平發現橫田並沒有察覺自己，就一直躲在車斗上等待機會。所謂機會，就是放聲大叫的機會。當小貨車駛入二十五號線道，在紅燈前停下時，鐵平看到附近有警官，覺得機不可失，立刻大聲求救。橫田嚇得跳車想要逃跑，但還來不及逃，就被警官抓住了。

「太危險了，以後不可以做這種事。」

阿忍和其他人一起到平野警署迎接鐵平，一看到他，就敲了他的頭。

「好痛喔。但是，以後老師不會再罵我了，這是最後一次被老師敲頭了。」

鐵平若無其事地說。

不一會兒，新藤就來到休息室，說要送大家回去。於是，所有人分別坐上兩輛車去學校。阿忍和新藤兩個人坐一輛車。

「橫田從去年開始和宮本清子交往，但一開始就沒打算和她結婚。他們公司今年夏天有一個讓優秀員工去國外進修的計畫，他已經內定可以參加，所以打算趁這個機會提出分手，沒想到清子不願意分手，說打算辭職和他一起去。清子的個性似乎很愛鑽牛角尖，於是他們為分手的事吵了起來，最後橫田在自己家裡殺了她。這真的是菁英的悲劇，他在招供時哭著說，早知道不應該碰那種只有高中畢業的女人。他生病了，心智已經不正常了。」

新藤又告訴阿忍，橫田想要殺害朝倉町子的動機和手段完全符合她之前的推理。

「無論如何，」阿忍停頓了一下，嘆了一口氣。「都不希望變成那種大人。」

她在說她的學生。

「沒想到今天的畢業典禮這麼不同凡響。」

新藤苦笑著說。

「對了，妳還沒有回答我的問題。就是關於今天早上的事。」

「是啊，我一輩子都忘不了。」

「啊，那個喔。」

「那個……妳好像很不以為然，這可是我一輩子的請求。」

哈哈。阿忍笑了起來。「看到你的樣子，我覺得好像不是什麼大事。

禮貌，所以，妳是YES還是NO呢？」

「NO。」

新藤的身體從椅子上稍稍往下滑。「……妳回答得真乾脆。」

「現在我才能夠明確地拒絕，如果在前一段時間，恐怕會猶豫。」

「前一段時間？」

新藤問。阿忍沉默片刻，然後緩緩開了口。

「今年春天，我要去兵庫縣讀大學，算是國內留學。我打算繼續讀書，研究教育問題。」

「讀書……妳不當老師了嗎？」

「不、不是。雖然可以繼續領薪水，但我要去讀兩年左右，兩年的課程結束後，還會再回來教書。」

「這……妳什麼時候決定的？」

新藤無法掩飾他內心的震撼。

「我之前一直想去，所以在一月十日去參加了考試。雖然錄取率只有百分之十，但我很幸運考上了。但考上之後才開始猶豫，不知道現在繼續升學到底有沒有意義？不知道這兩年的時間算不算是一種浪費？於是找了很多人商量這件事……」

「喔喔……」

新藤低下了頭。他終於知道阿忍之前想要找他商量什麼事。

「我也問了本間先生的意見。」

「……我知道。」

「但是，我原本……想要最先聽聽你的意見。」

「……對不起。」

然後，他們兩個人都不再說話。

終於來到學校，學校內靜悄悄的，畢業典禮好像已經結束了。阿忍和新藤，還有田中一家人以及奈奈，走進了安靜的校園。

「結束了。」

鐵平四處張望著說，校園內完全沒有任何動靜。

——就在這時，有人從禮堂的方向跑了過來，是中田主任。中田來到阿忍他們面前，氣喘吁吁地說：

「竹內老師，學生都在等妳，只有妳的班級還沒有發畢業證書，那些學生說要等妳親手發給他們。而且，他們還沒有唱〈畢業歌〉，說要等妳到了之後再唱，妳趕快去吧。」

「那些孩子？」

「啊，沒想到那些搗蛋鬼還不錯嘛。」

阿忍嚥了嚥口水、努力克制情緒，咬著下唇。「……真是人小鬼大。」
「老師，快走吧。」
鐵平抓著阿忍的手臂，阿忍向前走了兩、三步，然後回頭看著新藤說：
「事情就是這樣，那我先走了。」
新藤點點頭。「能夠參加畢業典禮，真是太好了。」
阿忍露出微笑，和鐵平他們一起跑向禮堂。

□集滿4個印花贈品（二款任選其一）：

A：【推理謎】LOGO皮質燙銀典藏書套一個
（黑色，25開本適用，限量1000個）

B：【推理謎】吉祥物『獨角獸』圖案皮質燙金典藏書套一個
（咖啡色，25開本適用，限量1000個）

□集滿8個印花贈品（二款任選其一）：

C：【推理謎】LOGO皮質燙金證件名片夾一個
（紅色，11.5cm x 8.6cm，限量500個）

D：【推理謎】吉祥物『獨角獸』圖案環保購物袋一個
（米色，不織布材質，41.5cm x 38.6cm，限量1000個）

□集滿12個印花贈品（二款任選其一）：

E：【推理謎】LOGO不鏽鋼繩鑰匙圈一個
（限量500個）

F：【推理謎】吉祥物『獨角獸』圖案馬克杯一個
（白色，320cc容量，限量500個）

謎人俱樂部會不定期推出最新限量贈品提供兌換，
請密切注意活動官網和粉絲專頁。

?

【注意事項】
◎本活動僅限台灣地區讀者參加。
◎贈品兌換期限自即日起至2023年12月31日止（以郵戳為憑）。
◎贈品圖片僅供參考，所有贈品應以實物為準。
◎所有贈品數量有限，送完為止。如讀者欲兌換的贈品已送完，皇冠文化集團有權直接改換其他贈品，不另徵求同意和通知。贈品存量將定期在【謎人俱樂部】活動官網上公佈，請讀者在兌換前先行查閱或直接致電：（02）27168888分機114、303讀者服務部確認。
◎皇冠文化集團保留修改或取消謎人俱樂部活動辦法的權利。辦法如有更動，將隨時在【謎人俱樂部】活動官網上公佈。

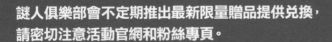

編目資料

35 週年青春經典版】/ 東野
譯. -- 初版. -- 臺北市：皇冠,
公分. --（皇冠叢書；第5087種）(東
；13)
少年探偵団

78-957-33-4003-4（平裝）

.57 112002457

皇冠叢書第5087種

東野圭吾作品集 13

浪花少年偵探團

【35週年青春經典版】

浪花少年探偵団

作　者—東野圭吾
譯　者—王蘊潔
發行人—平　雲
出版發行—皇冠文化出版有限公司
台北市敦化北路120巷50號
電話◎02-27168888
郵撥帳號◎15261516號
皇冠出版社（香港）有限公司
香港銅鑼灣道180號百樂商業中心
19字樓1903室
電話◎2529-1778　傳真◎2527-0904
總編輯—許婷婷
責任編輯—蔡維鋼
行銷企劃—蕭采芹
美術設計—鄭婷之、李偉涵
著作完成日期—1991年
二版一刷日期—2023年4月

法律顧問—王惠光律師
有著作權・翻印必究
如有破損或裝訂錯誤，請寄回本社更換
讀者服務傳真專線◎02-27150507
電腦編號◎527110
ISBN◎978-957-33-4003-4
Printed in Taiwan
本書定價◎新台幣380元/港幣127元

謎人俱樂部贈品兌換卡

我要選擇以下贈品（須符合印花數量）：□A □B □C □D □E □F

1	2	3	4
5	6	7	8
9	10	11	12

【個人資料蒐集、利用及處理同意條款】

您所填寫的個人資料，依個人資料保護法之規定，皇冠文化集團將對您的個人資料予以保密，並採取必要之安全措施以免資料外洩。您對於您的個人資料可隨時查詢、補充、更正，並得要求將您的個人資料刪除或停止使用。

本人同意皇冠文化集團得使用以下本人之個人資料建立該集團旗下各事業單位之讀者資料庫，做為寄送出版或活動相關資訊、相關廣告，以及與本人連繫之用。本人並同意皇冠文化集團可依據本人之個人資料做成讀者統計資料，在不涉及揭露本人之個人資料下，皇冠文化集團可就該統計資料進行合法地使用以及公布。

□同意　　□不同意

我的基本資料

姓名：＿＿＿＿＿＿＿＿

出生：＿＿＿＿年＿＿＿＿月＿＿＿＿日　　性別：□男 □女

職業：□學生 □軍公教 □工 □商 □服務業

□家管 □自由業 □其他＿＿＿＿＿＿＿＿

地址：□□□□□＿＿＿＿＿＿＿＿

電話：（家）＿＿＿＿＿＿＿＿　（公司）＿＿＿＿＿＿＿＿

手機：＿＿＿＿＿＿＿＿

e-mail：＿＿＿＿＿＿＿＿

集】系列的建議：

寄件人：

地址：□□□□□

北區郵政管理局登
記證北台字1648號
免 貼 郵 票
〔限國內讀者使用〕

10547
台北市敦化北路120巷50號
皇冠文化出版有限公司 收